LES FRÈRES RICO

Georges Simenon, écrivain belge de langue française, est né à Liège en 1903. À seize ans, il devient journaliste à *La Gazette de Liège.* Son premier roman, signé sous le pseudonyme de Georges Sim, paraît en 1921 : *Au pont des Arches, petite histoire liégeoise.* En 1922, il s'installe à Paris et écrit des contes et des romans-feuilletons dans tous les genres. Près de deux cents romans parus entre 1923 et 1933, un bon millier de contes, et de très nombreux articles... En 1929, Simenon rédige son premier Maigret : *Pietr le Letton.* Lancé par les éditions Fayard en 1931, le commissaire Maigret devient vite un personnage très populaire. Simenon écrira en tout soixante-douze aventures de Maigret (ainsi que plusieurs recueils de nouvelles). Peu de temps après, Simenon commence à écrire ce qu'il appellera ses « romans-romans » ou ses « romans durs » : plus de cent dix titres, du *Relais d'Alsace* (1931) aux *Innocents* (1972). Parallèlement à cette activité littéraire foisonnante, il voyage beaucoup. À partir de 1972, il décide de cesser d'écrire. Il se consacre alors à ses vingt-deux *Dictées*, puis rédige ses gigantesques *Mémoires intimes* (1981). Simenon s'est éteint à Lausanne en 1989. Beaucoup de ses romans ont été adaptés au cinéma et à la télévision.

Paru dans Le Livre de Poche :

Les 13 Coupables
Les 13 Énigmes
Les 13 Mystères
L'Âne rouge
Les Anneaux de Bicêtre
Les Autres
Betty
La Chambre bleue
Le Chat
Les Complices
Le Coup de lune
La Disparition d'Odile
En cas de malheur
L'Enterrement de Monsieur Bouvet
Les Fantômes du chapelier
Feux rouges
Les Fiançailles de M. Hire
La Fuite de Monsieur Monde
Les Gens d'en face
Le Grand Bob
La Guinguette à deux sous
Le Haut Mal
L'Homme de Londres
L'Horloger d'Everton
Les Innocents
La Jument perdue
Lettre à mon juge
La Maison du canal
Monsieur Gallet, décédé
La Mort de Belle
La neige était sale
L'Ours en peluche
Le Passage de la ligne
Le Passager clandestin
Le Passager du Polarlys
Pedigree
Le Petit Homme d'Arkhangelsk
Le Petit Saint
Le Président
Les Quatre Jours du pauvre homme
Le Relais d'Alsace
Le Train
Trois chambres à Manhattan
Les Volets verts

GEORGES SIMENON

Les Frères Rico

PRESSES DE LA CITÉ

ISBN : 978-2-253-14322-2 – 1re publication LGF

1

Comme tous les autres jours, c'étaient les merles, les premiers, qui l'avaient réveillé. Il ne leur en voulait pas. Au début, cela le mettait en rage, surtout qu'il n'était pas encore habitué au climat et que la chaleur l'empêchait de s'endormir avant deux ou trois heures du matin.

Ils commençaient juste au lever du soleil. Or, ici, en Floride, le soleil se levait presque d'un seul coup. Il n'y avait pas d'aube. Le ciel était tout de suite doré, l'air moite, vibrant du caquetage des oiseaux. Il ne savait pas où ils avaient leur nid. Il ne savait même pas si c'étaient réellement des merles. C'était lui qui les appelait ainsi, depuis dix ans qu'il se promettait de se renseigner et qu'il oubliait de le faire. Loïs, la petite négresse, leur donnait un nom, qu'il aurait été incapable d'épeler. Ils étaient plus grands que des merles du Nord, avec trois ou quatre plumes de couleur. Il en arrivait deux sur la pelouse, à proximité des fenêtres, qui engageaient leur bavardage aigu.

Eddie ne s'éveillait plus tout à fait, prenait seulement conscience du lever du jour et ne trouvait pas ça désagréable. D'autres merles ne tardaient pas à arriver Dieu sait d'où, des jardins voisins sans doute. Et, Dieu sait pourquoi, ils avaient choisi le sien comme rendez-vous matinal.

A cause des merles, l'univers pénétrait un peu plus son sommeil et mêlait des réalités à ses rêves. La mer était calme. Il en entendait juste la petite vague, celle qui, se formant non loin de la plage en une ondulation à peine distincte, venait retomber sur le sable en un ourlet brillant et agitait des milliers de coquillages.

Phil lui avait téléphoné la veille. Il n'était jamais tout à fait rassuré quand Phil lui donnait signe de vie. Il avait appelé de Miami. D'abord pour parler de l'homme, dont il n'avait pas cité le nom. Il citait rarement des noms au téléphone.

— Eddie ?

— Oui.

— Ici, Phil.

Il ne prononçait pas un mot de trop. C'était de la pose. Fût-ce dans la cabine téléphonique de quelque bar d'où il parlait, il devait soigner son attitude.

— Tout va bien, là-bas ?

— Tout va bien, avait répondu Eddie Rico.

Pourquoi Phil mettait-il des silences entre les plus innocents bouts de phrase ? Même quand on était en face de lui, cela donnait l'impression qu'il se méfiait, s'attendait à ce qu'on lui cache quelque chose.

— Ta femme ?

— Elle va bien, merci.

— Aucun ennui ?

— Aucun.

Ne savait-on pas qu'il n'y en avait jamais dans le secteur de Rico ?

— Je t'envoie un gars, demain matin.

Ce n'était pas la première fois.

— Il vaudrait mieux qu'il sorte peu... Et aussi qu'il n'ait pas envie d'aller se promener ailleurs...

— D'accord.

— Sid me rejoindra peut-être demain ici.

— Ah !

— Il est possible qu'il ait envie de te voir.

Ce n'était pas inquiétant en soi, ni tellement extraordinaire. Mais Rico ne s'était jamais habitué aux attitudes, ni à la façon de parler de Boston Phil.

Il ne se rendormit pas à fond, s'assoupit à moitié, sans cesser d'entendre les merles et le bruissement de la mer. Une noix se détacha d'un des cocotiers du jardin et tomba sur l'herbe. Presque tout de suite après, Babe se mit à remuer dans la chambre contiguë dont on laissait la porte entrouverte.

C'était la plus jeune de ses filles. Elle s'appelait Lilian, et les aînées l'avaient tout de suite appelée Babe. Cela lui déplaisait. Dans sa maison, il avait horreur des surnoms. Mais il ne pouvait rien contre les gamines, et tout le monde avait fini par dire comme elles.

Babe allait commencer à chantonner en se tournant et se retournant dans son lit comme pour prolonger son sommeil. Il savait que sa femme, dans le lit voisin du sien, s'éveillait aussi. C'était la routine de tous les matins. Babe avait trois ans. Elle ne parlait pas encore. A peine disait-elle quelques mots mal formés. Pourtant, c'était la plus jolie des trois, avec une tête de poupée.

— Cela s'arrangera probablement un jour ou l'autre, avait dit le médecin.

Est-ce que le médecin y croyait ? Rico se méfiait des médecins. Presque autant que de Phil.

Babe gazouillait. Dans cinq minutes, si on n'allait pas la lever, elle se mettrait à pleurer.

Rico avait rarement besoin d'éveiller sa femme. Sans ouvrir les yeux, il l'entendait soupirer, rejeter le drap, poser ses pieds nus sur la carpette et elle restait ainsi un petit moment, assise au bord du lit, à se frotter le visage et le corps avant de tendre le bras pour saisir sa robe de chambre. Invariablement, à cet instant-là, il recevait une bouffée de son odeur, une odeur qu'il aimait bien. Au fond, il était un homme heureux.

Elle ne faisait pas de bruit, se dirigeait sur la pointe des pieds vers la chambre de Babe, dont elle refermait la porte avec précaution. Elle se doutait qu'il ne dormait pas, mais c'était une tradition. D'ailleurs, après cela, il avait l'habitude de se rendormir. Il n'entendait pas les deux autres, Christine et Amélia, dont la chambre était plus éloignée, se lever à leur tour. Il n'entendait plus les merles. Le temps de penser un tout petit peu à Boston Phil, qui lui avait téléphoné de Miami, et il s'enfonçait comme dans un oreiller dans le savoureux sommeil du matin.

Loïs, en bas, devait préparer le petit déjeuner des enfants. Les deux aînées, âgées de douze et neuf ans, se chamaillaient dans leur salle de bains. Elles mangeaient dans la cuisine, puis allaient attendre, au coin de la rue, le bus de l'école.

Le gros bus jaune passait à huit heures moins dix. Parfois, Eddie entendait ses freins, d'autres fois pas. A huit heures, Alice montait, ouvrait doucement la porte, et il sentait venir jusqu'à ses narines l'odeur du café qu'elle lui apportait.

— Il est huit heures, Eddie.

Il buvait une première gorgée dans son lit, et elle posait

ensuite la tasse sur la table de nuit, se dirigeait vers les fenêtres pour ouvrir les rideaux. On ne voyait quand même pas dehors. Derrière les rideaux, il y avait des stores vénitiens dont les lames claires ne laissaient passer que de fines raies de soleil.

— Tu as bien dormi ?

— Oui.

Elle n'avait pas encore pris son bain. Ses cheveux étaient bruns et lourds, sa peau très blanche. Ce matin-là, elle portait un peignoir bleu qui lui allait bien.

Pendant qu'il passait dans la salle de bains, elle se coiffait, et tout cela, ces menus gestes de tous les jours, était réconfortant. Ils habitaient une belle maison, toute neuve, moderne, d'une blancheur éblouissante, dans le quartier le plus élégant de Santa Clara, entre le lagon et la mer, à deux pas du *Country Club* et de la plage. Rico lui avait donné un nom dont il était content : *Sea Breeze* (Brise de Mer). Si le jardin n'était pas grand, parce que, dans cette section, le terrain était hors de prix, la maison n'en était pas moins entourée d'une douzaine de cocotiers, et, de la pelouse, s'élançait un palmier royal au tronc lisse et argenté.

— Tu crois que tu iras à Miami ?

Il était dans son bain. La salle de bains était vraiment remarquable, avec ses murs recouverts de céramique vert pâle, sa baignoire et les autres appareils du même ton et tous les accessoires en chrome. Ce qu'il appréciait surtout, parce qu'il ne l'avait vu que dans de très grands hôtels, c'était la douche, que fermait une porte en verre encadrée de métal.

— Je ne sais pas encore si j'irai.

La veille, en dînant, il avait dit à Alice :

— Phil est à Miami. Il faudra peut-être que je le voie.

Ce n'était pas loin. Seulement deux cents et quelques milles. En voiture, la route était désagréable, déserte, traversant les marais dans une chaleur étouffante. Le plus souvent, il prenait l'avion.

Il ignorait s'il irait à Miami. Il avait dit cela en l'air. Il se rasa pendant que sa femme, derrière lui, se faisait couler un bain à son tour. Elle était un peu grasse. Pas trop. Assez pour qu'elle ne trouve pas de robes toutes faites. Sa peau était extraordinairement douce. En se rasant, il lui arrivait de la regarder dans le miroir et il n'était pas mécontent.

Il n'était pas comme les autres. Il avait toujours su ce qu'il voulait. Il l'avait choisie, très jeune, en connaissance de cause. C'était par leur femme que presque tous les autres péchaient.

Lui aussi avait la peau blanche et fine, et, comme Alice, les cheveux très sombres. Il y avait même des camarades d'école, à Brooklyn, qui l'appelaient Blackie. Il ne les avait pas laissés faire longtemps.

— Je crois qu'il va faire chaud.

— Oui.

— Tu rentreras déjeuner ?

— Je ne sais pas.

Soudain, tout en se regardant dans le miroir, il fronça les sourcils, laissant échapper une exclamation de dépit. On voyait un peu de sang sur sa joue. Il employait un rasoir de sûreté, ne se coupait presque jamais. Une fois de temps en temps, seulement, il accrochait le grain de beauté qu'il avait sur la joue gauche, et cela lui causait toujours une sensation désagréable. S'écorcher la peau ne lui aurait pas donné la même impression. Ce grain de beauté-là, qui, quand il avait vingt ans, était à peine de la taille d'une tête d'épingle, était devenu, petit à petit, de la largeur d'un pois. Il était brun, velu. La plupart du temps, Eddie réussissait à passer le rasoir dessus sans le faire saigner.

Aujourd'hui, il avait raté. Il cherchait l'alun dans l'armoire à pharmacie. Pendant plusieurs jours, cela saignerait chaque fois qu'il se raserait, et il lui semblait que ce sang-là n'était pas du sang ordinaire.

Il avait questionné son médecin à ce sujet. Il n'aimait pas les médecins, mais il allait les voir pour le moindre malaise. Il les regardait de travers, les soupçonnait toujours de lui mentir, s'efforçait de les faire se contredire.

— S'il était moins profond, je vous l'enlèverais d'un coup de bistouri. Tel qu'il est là, cela laisserait une cicatrice.

Il avait lu quelque part que les verrues de ce genre deviennent parfois cancéreuses. Rien que d'y penser, il en ressentait une faiblesse dans tout le corps.

— Vous êtes sûr que ce n'est rien ?

— Certain.

— Cela ne peut pas être un cancer ?

— Mais non ! Mais non !

Il n'était qu'à moitié rassuré. Surtout que le docteur avait ajouté :

— Si cela peut vous tranquilliser, je vous en enlèverai un bout que nous enverrons à l'analyse.

Il n'en avait pas eu le courage. Il était douillet. C'était curieux, car, gamin, il n'avait pas peur des coups. C'étaient seulement les rasoirs, les instruments coupants qui lui faisaient cet effet-là.

Ce stupide incident le rendait soucieux, pas tant par

lui-même, mais comme s'il y voyait un signe. Il n'en continua pas moins sa toilette avec minutie. Il était minutieux. Il aimait se sentir propre, net, avoir le poil lustré, une chemise de soie sur la peau, des vêtements repassés de frais. Deux fois par semaine, il se faisait manucurer et masser le visage.

Il entendait l'auto qui s'arrêtait devant la villa voisine, puis devant *Sea Breeze*, et il savait que c'était le facteur ; il n'avait pas besoin d'entrouvrir les persiennes pour imaginer l'homme qui tendait le bras par la portière, ouvrait la boîte aux lettres, y déposait le courrier et la refermait avant de remettre la voiture en marche.

La journée s'amorçait selon les rites. Il était prêt à l'heure. Alice passait sa robe. Il descendait le premier, sortait de la villa, traversait le jardin, puis le trottoir, pour aller prendre son courrier dans la boîte. Le vieux colonel d'à côté, en pyjama rayé, faisait de même, et ils se saluaient vaguement, bien qu'ils ne se fussent jamais parlé.

Il y avait des journaux, des factures de ménage et de maison, une lettre dont il reconnaissait l'écriture et le papier. Quand il s'assit devant la table, Alice, qui le servait, demanda simplement :

— Ta mère ?

— Oui.

Il lisait en mangeant. Sa mère lui écrivait toujours au crayon, sur le papier qu'elle vendait en pochettes. Les pochettes étaient de six feuilles et six enveloppes de teintes différentes, mauves, verdâtres, bleuâtres, et, quand les pages étaient pleines, elle n'ajoutait pas une nouvelle feuille, mais un bout de papier quelconque.

Mon cher Joseph,

C'était son véritable prénom. Il avait été baptisé Joseph. Dès l'âge de dix ou onze ans, il s'était fait appeler Eddie, et tout le monde le connaissait sous ce nom-là, il n'y avait plus que sa mère à l'appeler Joseph. Cela l'irritait. Il le lui avait dit, mais c'était plus fort qu'elle.

Il y a bien longtemps que je n'ai reçu de tes nouvelles et j'espère que la présente te trouvera en bonne santé, ainsi que ta femme et tes enfants.

Sa mère n'aimait pas Alice. Elle la connaissait à peine, ne l'avait vue que deux ou trois fois, mais elle ne l'aimait pas. C'était une drôle de femme. Ses lettres n'étaient pas faciles à déchiffrer, car, bien que née à Brooklyn, elle mélangeait l'anglais et l'italien, écrivant les mots de l'une et de l'autre langue avec une orthographe personnelle.

Ici, la vie continue comme tu la connais. Le vieux Lanza, celui qui habitait au coin de la rue, est mort à l'hôpital la semaine dernière. On lui a fait de belles funérailles, car c'était un brave homme qui a habité le quartier pendant plus de quatre-vingts ans. Sa belle-fille est venue de l'Orégon où elle habite avec son mari, mais celui-ci n'a pas pu entreprendre le voyage, car il a été amputé d'une jambe il y a seulement un mois. C'est un bel homme, bien portant, âgé seulement de cinquante-cinq ans. Il s'est blessé avec un outil de jardinage, et la gangrène s'y est mise presque tout de suite.

En levant la tête, Rico pouvait voir la pelouse, les cocotiers et, entre deux murs blancs, un assez large pan de mer scintillante. Il pouvait imaginer avec autant d'exactitude la rue de Brooklyn d'où sa mère lui écrivait, la boutique de bonbons et de sodas qu'elle tenait, tout à côté du magasin de légumes où il était né et qu'elle avait quitté à la mort de son mari. Le métro aérien n'était pas loin. On l'apercevait des fenêtres à peu près comme, d'ici, il apercevait la mer, et on entendait, à intervalles réguliers, le vacarme des rames de wagons qui se profilaient sur le ciel.

La petite Joséphine s'est mariée. Tu dois te souvenir d'elle. Je l'ai prise chez moi, alors qu'elle n'était qu'un bébé, quand sa mère est morte.

Il se souvenait vaguement, non pas d'un, mais de deux ou trois bébés à qui sa mère avait donné l'hospitalité.

Il y avait toujours, dans ses lettres, un certain nombre de pages qui ne parlaient que de voisins, de gens qu'il avait plus ou moins oubliés. Il y était surtout question de morts et de malades, parfois d'accidents, ou encore de garçons du voisinage que la police avait arrêtés. *Un bon petit qui n'a pas eu de chance…*, disait-elle.

Puis, seulement vers la fin, venaient les choses sérieuses, celles pour lesquelles, en réalité, la lettre était faite.

Gino est passé me voir vendredi dernier. Je lui ai trouvé l'air fatigué.

C'était un des deux frères d'Eddie. Eddie, qui était l'aîné, avait maintenant trente-huit ans. Gino en avait donc trente-six, et ils ne se ressemblaient pas. Eddie était plutôt gras. Pas tellement gros, mais ses formes étaient arrondies, et il avait tendance à l'embonpoint. Gino, au contraire, avait toujours été efflanqué, avec des traits beaucoup plus dessinés que ses deux frères. Gamin, il paraissait malingre. Maintenant encore, il ne donnait jamais une impression de santé.

Il est venu me dire au revoir, car il partait le soir même pour la Californie. Il paraît qu'il restera un certain temps là-bas. Je n'aime pas beaucoup ça. Ce n'est jamais bon signe quand on envoie quelqu'un comme lui dans l'Ouest. J'ai essayé de lui tirer les vers du nez, mais tu sais comment est ton frère.

Gino ne s'était jamais marié, ne s'était jamais intéressé aux femmes. De sa vie, il ne devait avoir fait de confidences à personne.

Je lui ai demandé si c'était à cause du Grand Jury. On en parle beaucoup ici, évidemment. D'abord, on a cru que ce serait comme les autres fois, qu'on questionnerait quelques témoins et que ça finirait en queue de poisson. Tout le monde était sûr que c'était « arrangé ».

Il a dû se produire quelque chose que le District Attorney et la police tiennent soigneusement secret. Certains prétendent que quelqu'un aurait parlé.

Toujours est-il qu'il n'y a pas que Gino à s'éloigner d'ici. Un des grands patrons a quitté subitement New York et il y a eu un écho dans les journaux à son sujet. Tu as dû le lire.

Il ne l'avait pas lu. Il commençait à se demander s'il ne s'agissait pas de Sid Kubik, dont Phil lui avait parlé au téléphone.

Il sentait un malaise dans la lettre de sa mère. Il y avait un malaise à Brooklyn. Il n'avait pas eu tort de se méfier, la veille, quand Phil l'avait au bout du fil.

Le malheur, c'est qu'on ne sait jamais exactement ce qui se passe. Il faut deviner, tirer des conclusions de menus faits qui ne veulent rien dire en eux-mêmes, mais qui, rassemblés, prennent parfois une signification.

Pourquoi avait-on envoyé Gino en Californie où, théoriquement, il n'avait rien à faire ?

A lui aussi, on avait expédié quelqu'un, qui devait arriver ce matin et qu'on lui avait recommandé de ne pas laisser s'éloigner.

Il avait lu les comptes rendus des séances du Grand Jury de Brooklyn. Soi-disant, celui-ci s'occupait de l'affaire Carmine, qui avait été abattu devant l'*El Charro*, en pleine Fulton Avenue, à trois cents mètres de l'Hôtel de Ville.

Il y avait maintenant six mois que Carmine avait reçu cinq balles dans la peau. La police n'avait trouvé aucune piste sérieuse. Normalement, l'affaire aurait dû être classée depuis longtemps.

Eddie ignorait si son frère en était. Selon les règles, il n'aurait pas dû participer au coup de main, car on n'a pas l'habitude de choisir des gens du voisinage pour des expéditions voyantes.

Tout cela avait-il un rapport avec le coup de téléphone de Phil ? Boston Phil ne se dérangeait pas pour rien. Tout ce qu'il faisait avait un sens, et c'est bien ce qui le rendait inquiétant. En outre, quand on l'envoyait quelque part, cela signifiait en général que quelque chose n'allait pas.

Ils ont des gens du même genre dans les grosses affaires comme la Standard Oil ou dans les banques à succursales multiples, des types qui ne débarquent dans un endroit que quand les grands patrons flairent une irrégularité grave.

C'était le genre de Phil. C'était aussi le genre qu'il se donnait. Il jouait à l'homme qui est dans le secret des chefs et s'entourait de mystère.

Il y a un autre sujet dont je voulais déjà te parler dans ma dernière lettre. Je ne l'ai pas fait parce que ce n'étaient encore que des bruits. Je me disais que Tony t'avait peut-être écrit ou allait le faire, car il a toujours eu de la considération pour toi.

C'était le plus jeune des Rico, qui n'avait que trente-trois ans et qui avait vécu avec leur mère plus longtemps que les autres. Bien entendu, c'était son préféré. Il était brun comme Eddie, à qui il ressemblait un peu, en plus beau, en plus câlin. Eddie n'avait pas eu directement de ses nouvelles depuis plus d'un an.

Je savais bien, continuait la mère, *que, depuis son séjour à Atlantic City, l'été dernier, il y avait anguille sous roche. Il a fait plusieurs voyages sans me dire où il allait, et j'ai compris qu'il s'agissait d'une femme. Or, voilà à présent près de trois mois que personne ne l'a vu. Plusieurs personnes sont venues me poser des questions à son sujet, et ce n'était pas seulement de la curiosité. Même Phil qui est venu me voir sous prétexte de me demander de mes nouvelles, mais qui ne m'a parlé que de Tony.*

Il y a trois jours, une certaine Karen, que tu ne connais pas, une fille du quartier qui est sortie pendant quelques semaines avec ton frère il y a un bon bout de temps, m'a dit à brûle-pourpoint :

— Vous savez, mame Julie, que Tony est marié ?

Je me suis mise à rire. Or, il paraît que c'est vrai. Et qu'il s'agit de la fille qu'il a rencontrée à Atlantic City, une gamine qui n'est pas d'ici, pas même de New York, et qui aurait sa famille en Pennsylvanie.

Je ne sais pas au juste pourquoi, cela m'inquiète. Tu le connais. Il avait des filles à la pelle et paraissait être le dernier à vouloir se marier.

Pourquoi n'en a-t-il parlé à personne ? Pourquoi tant de gens, tout à coup, ont-ils besoin de connaître son adresse ?

Tu dois me comprendre quand je dis que je ne suis pas tranquille. Il y a des choses qui se passent et que je voudrais connaître. Si, par hasard, tu étais au courant, écris-moi tout de suite pour me rassurer. Je n'aime pas ça.

Mammy t'envoie le bonjour. Elle est toujours vaillante, encore qu'elle ne quitte pas son fauteuil. Le plus fatigant, pour moi, c'est, le soir, de la hisser dans son lit, car elle devient de plus en plus lourde. Tu ne peux pas te faire une idée de ce qu'elle mange ! Une heure après les repas, elle se plaint d'avoir ce qu'elle appelle une petite faim. Le docteur me recommande de ne pas lui donner ce qu'elle demande, mais je n'en ai pas le courage.

Eddie avait presque toujours connu sa grand-mère énorme, et presque toujours, aussi loin qu'allaient ses souvenirs, impotente dans un fauteuil.

C'est tout ce que j'ai à te dire aujourd'hui. Je me fais du souci. Toi qui en sais probablement plus que moi, donne-moi le plus vite possible des nouvelles, surtout au sujet de Tony.

Est-ce que la petite a commencé à parler ? Il y a un cas, dans le quartier, non pas d'une fille, mais d'un garçon du même âge qui...

La suite se lisait sur une bande de papier d'une autre couleur, et, dans le coin, il y avait le mot traditionnel :

Baisers.

Eddie ne tendit pas la lettre à sa femme. Il ne lui faisait jamais lire son courrier, même les lettres de sa mère, et elle n'aurait pas eu l'idée de le lui demander.

— Tout va bien ?

— Gino est en Californie.

— Pour longtemps ?

— Ma mère ne sait pas.

Il préféra ne pas lui parler de Tony. Il lui parlait peu de ses affaires. Elle était de Brooklyn aussi, mais pas du même milieu. C'est ce qu'il avait voulu ; de souche italienne, comme lui, car, avec une autre, il ne se serait pas senti à son aise ; mais son père occupait un poste assez important dans une compagnie d'exportation, et, quand Eddie l'avait connue, elle travaillait dans un magasin de Manhattan.

Avant de partir, il alla embrasser Babe, assise au milieu de la cuisine sous la garde de Loïs. Il embrassa sa femme aussi, distraitement.

— N'oublie pas de me téléphoner si tu vas à Miami.

Dehors, il faisait déjà tiède. Il y avait du soleil. Il y avait toujours du soleil, sauf pendant les deux ou trois mois de la saison des pluies. Toujours des fleurs aussi, dans les parterres, sur les buissons, et des palmiers le long des routes.

Il traversa le jardin pour aller chercher sa voiture dans le garage. Tous ceux qui venaient à Siesta Beach étaient d'accord pour proclamer que c'était un paradis. Les maisons étaient neuves, des villas plutôt, chacune dans son jardin, entre la mer et le lagon.

Il franchit celui-ci sur le pont de bois et, au bout de l'avenue, pénétra dans la ville.

L'auto roulait sans bruit. C'était une des meilleures voitures qu'on pût trouver, toujours étincelante.

Tout était beau. Tout était clair et propre. Tout ruisselait de lumière. Il y avait même des moments où on avait l'impression de vivre dans un décor d'affiche touristique.

A gauche, des yachts bougeaient à peine dans le port. Et, dans Main Street, entre les maisons de commerce, on reconnaissait les quelques enseignes qui, la nuit, s'éclairaient au néon : le *Gypsy*, le *Rialto, Coconut Grove, Little Cottage.*

Les portes en étaient fermées. Ou bien, si l'une d'elles était ouverte, c'était parce que les laveuses procédaient au nettoyage.

Il prit, à gauche, la route de Saint Petersburg et, un peu avant les limites de la ville, aperçut un long bâtiment en bois au fronton duquel on lisait :

West Coast Fruit Imporium, Inc.

(Grand marché de fruits de la Côte Ouest, société anonyme)

La façade n'était qu'un long comptoir où tous les fruits de la terre semblaient voisiner, les ananas mordorés, les pamplemousses, les oranges cirées, les mangues, les avocats, chaque variété formant une pyramide non loin des légumes auxquels de l'eau pulvérisée gardait une fraîcheur irréelle. On ne vendait pas que des fruits : à l'intérieur, on trouvait la plupart des produits d'épicerie, les cloisons étaient garnies de conserves du plancher au plafond.

— Ça va, patron ?

On gardait une place libre, à l'ombre, pour sa voiture. Chaque matin, le vieil Angelo, en blouse blanche, en tablier blanc, venait à sa rencontre.

— Ça va, Angelo.

Eddie souriait rarement, pour ainsi dire jamais, et Angelo ne s'en formalisait pas plus qu'Alice. C'était sa nature. Cela ne signifiait pas qu'il était de mauvaise humeur. Il avait une façon à lui de regarder les gens et les choses, pas nécessairement comme s'il s'attendait à un piège, mais d'une façon calme, réfléchie. Là-bas, à Brooklyn, alors qu'il n'avait pas vingt ans, certains l'avaient surnommé le Comptable.

— Il y a quelqu'un d'arrivé pour vous.

— Je sais. Où est-il ?

— Je l'ai fait entrer dans votre bureau. Comme je ne savais pas...

Deux des garçons épiciers en blouse garnissaient les casiers de nouveaux fruits. Derrière, dans un bureau vitré, une machine à écrire cliquetait, celle de Miss Van Ness, dont il apercevait les cheveux blonds et le profil régulier.

Eddie entrouvrit la porte.

— Pas de coup de téléphone ?

— Non, monsieur Rico.

Elle avait un prénom, Beulah, mais il ne l'avait jamais

appelée ainsi. Il n'était pas volontiers familier, surtout avec elle.

— Quelqu'un vous attend dans votre bureau.

— Je sais.

Il y entra, évita de regarder tout de suite l'homme, assis sur une chaise, à contre-jour, qui fumait une cigarette et qui ne se leva pas. Eddie retira d'abord son veston, son panama, accrocha l'un et l'autre au portemanteau. Puis il s'assit en retroussant les jambes de son pantalon pour ne pas les froisser, alluma une cigarette à son tour.

— On m'a dit comme ça...

Rico arrêta enfin son regard sur le visiteur, un grand garçon musclé qui devait avoir vingt-quatre ou vingt-cinq ans, aux cheveux roussâtres tout frisés.

— Qui t'a dit ? questionna-t-il.

— Vous le savez, non ?

Il ne posa pas la question à nouveau, se contenta de regarder le rouquin, et celui-ci, finissant par se sentir mal à l'aise, se leva, murmura :

— Boston Phil.

— Quand l'as-tu vu ?

— Samedi. C'est-à-dire il y a trois jours.

— Qu'est-ce qu'il t'a dit ?

— De venir vous trouver à cette adresse.

— Ensuite ?

— De ne pas quitter Santa Clara.

— C'est tout ?

— Sous aucun prétexte.

Eddie le fixait toujours, et l'autre ajoutait :

— Aussi de me tenir peinard.

— Assieds-toi. Ton nom ?

— Joe. Là-haut, ils m'appellent Curly Joe.

— On va te donner une blouse, et tu travailleras au comptoir.

Le rouquin soupira :

— Je m'en doutais.

— Cela ne te plaît pas ?

— Je n'ai pas dit ça.

— Tu coucheras chez Angelo.

— C'est le vieux ?

— Tu ne sortiras que quand il t'en donnera la permission. Qui est-ce qui te cherche ?

Le front de Joe se rembrunit. Avec l'air d'un gamin têtu, il prononça :

— On m'a recommandé de ne pas parler.

— Même à moi ?

— A personne.

— On a spécifié que tu ne devais rien me dire ?

— Phil a dit : personne.

— Tu connais mon frère ?

— Lequel ? Bug ?

C'était le surnom qu'on donnait à Gino.

— Tu sais où il est ?

— Il est parti un peu avant moi.

— Vous avez travaillé ensemble ?

Joe ne répondit pas, mais il n'avait pas nié.

— Tu connais mon autre frère aussi ?

— J'ai entendu parler de Tony.

Pourquoi regardait-il par terre en prononçant ces mots ?

— Tu ne l'as jamais rencontré ?

— Non. Je ne crois pas.

— A quel propos t'en a-t-on parlé ?

— J'ai oublié.

— Il y a longtemps ?

— Je ne sais pas.

Il était préférable de ne pas insister.

— Tu as de l'argent ?

— Un peu.

— Quand tu n'en auras plus, tu m'en demanderas. Tu n'en auras guère besoin ici.

— Il y a des filles ?

— On verra ça.

Eddie se leva et se dirigea vers la porte.

— Angelo va te donner une blouse et te mettre au courant.

— Tout de suite ?

— Oui.

Rico n'aimait pas ce garçon-là. Il n'aimait surtout pas ses réponses laconiques, ni le fait qu'il évitait de le regarder en face.

— Prends-le en charge, Angelo. Il couchera chez toi. Ne le laisse pas sortir avant que Phil m'ait donné des détails.

Il passa un doigt prudent sur son grain de beauté où une gouttelette de sang avait séché, entra dans le bureau voisin.

— Rien au courrier ?

— Rien d'intéressant.

— Toujours pas de coup de téléphone de Miami ?

— Vous en attendez un ?

— Je ne sais pas.

La sonnerie retentit, mais l'appel venait d'un producteur d'oranges et de citrons. Il rentra dans son bureau, n'y fit rien d'autre qu'attendre. Il n'avait pas pensé, la veille, à demander à Boston Phil dans quel hôtel de Miami il était descendu. Il ne descendait pas toujours au même. Peut-être, d'ailleurs, valait-il mieux qu'il n'ait pas posé la question. Phil n'aimait pas qu'on se montre curieux.

Il signa du courrier que Miss Van Ness lui apporta et sentit son parfum qu'il n'aimait pas. Il était sensible aux parfums. Il en employait lui-même discrètement. Au fond, il n'aimait pas l'odeur de son propre corps. Il en était presque gêné, employait des pâtes désodorisantes…

— Si on m'appelle de Miami…

— Vous sortez ?

— Je vais voir McGee, au *Club Flamingo*.

— Je dis qu'on vous sonne là-bas ?

— J'y serai dans dix minutes.

Phil ne lui avait pas annoncé un coup de téléphone. Il lui avait seulement dit que Sid Kubik arriverait probablement ce matin-là à Miami. Tout au plus avait-il laissé entendre que Kubik demanderait peut-être à le voir.

Pourquoi tenait-il pour certain qu'on allait lui téléphoner ?

Il passa de l'ombre du magasin à la lumière chaude du dehors. Accompagné d'Angelo, le rouquin sortait d'un cagibi, l'air plus grand et plus large dans une blouse blanche de commis.

— Je vais chez McGee, annonça Rico.

Il se dirigea vers sa voiture, fit une marche arrière, tourna à gauche sur la grand-route. Il y avait un feu à moins de cent mètres. Il était vert, Eddie allait passer quand il vit un homme qui, au bord du trottoir, lui adressait un signe.

Il faillit ne pas reconnaître le piéton, qu'il prit tout d'abord pour quelqu'un qui faisait de l'auto-stop. Quand il le regarda plus attentivement, il fronça les sourcils et freina.

C'était son frère Gino, qui aurait dû se trouver en Californie.

— Monte !

Il se retourna pour s'assurer qu'on ne les observait pas de la devanture du magasin.

2

Pendant un bon moment, on aurait pu croire qu'Eddie avait embarqué un inconnu au bord de la route. Il n'avait pas regardé son frère monter dans la voiture, ne lui avait rien demandé. Quant à Gino, une cigarette non allumée entre ses lèvres minces, il s'était installé si vite que la portière était refermée avant que le feu passe au rouge.

Eddie conduisait en regardant droit devant lui. On passa des pompes à essence, un parc de voitures d'occasion, un *motel*[1] aux bungalows jaune citron groupés autour d'une piscine.

Il y avait deux ans que les frères ne s'étaient vus. La dernière fois, c'était à New York. Gino n'était venu qu'une fois à Santa Clara, cinq ou six ans plus tôt, alors qu'Eddie n'avait pas encore fait construire *Sea Breeze* ; il ne connaissait donc pas la plus jeune des filles.

De temps en temps, on dépassait un camion. On avait parcouru un bon mille hors de la ville quand Eddie demanda enfin, ouvrant à peine la bouche, regardant toujours droit devant lui :

---

1. Hôtel horizontal, composé de bungalows privés, près desquels chacun laisse sa voiture.

— On sait que tu es ici ?

— Non.

— On te croit à Los Angeles ?

— A San Diego.

Gino était maigre. Il n'était pas beau. Seul de la famille, il avait un long nez un peu de travers, des yeux enfoncés, mais brillants, le teint gris. Ses mains étaient curieuses, tout en os et en nerfs, avec des doigts extraordinairement longs et déliés, dont la peau dessinait le squelette. Et ces doigts-là tripotaient toujours quelque chose, une boulette de pain, ou de papier, voire une petite balle de caoutchouc.

— Tu es venu par le train ?

Gino ne demandait pas à son aîné où celui-ci le conduisait. On tournait le dos à la ville. Eddie prenait, à gauche, une route presque déserte, bordée de bois de pins et de quelques champs de glaïeuls.

— Non. Par l'avion non plus. Je suis venu en autocar.

Eddie fronça les sourcils. Il comprenait. C'était plus anonyme. Son frère avait voyagé sur ces immenses autocars bleu et argent, avec un lévrier peint sur la carrosserie, qui parcouraient les Etats-Unis comme le faisaient jadis les diligences, s'arrêtant de ville en ville, dans des dépôts qui sont comme les relais des diligences d'autrefois, grouillant d'une foule bigarrée où les nègres sont en majorité, surtout dans le Sud, avec des voyageurs chargés de valises et de colis, des mères entourées d'enfants, des gens qui vont très loin, d'autres qui s'arrêtent à l'étape voisine, des sandwiches qu'on emporte ou qu'on mange, pendant la halte, avec un café brûlant, debout à un comptoir, des dormeurs, des inquiets, des bavards qui égrènent leurs confidences.

— Je leur ai annoncé que je prendrais le car.

Le silence à nouveau, deux ou trois milles de silence. Des prisonniers, le torse nu, une trentaine au moins, presque tous jeunes, un chapeau de paille sur la tête, fauchaient les bas-côtés de la route, et deux gardiens, la carabine à la main, les surveillaient.

Ils ne les regardèrent pas.

— Alice va bien ?

— Oui.

— Les enfants ?

— Lilian ne parle pas encore.

Ils s'aimaient bien. Les frères Rico avaient toujours passé pour unis. Non seulement ils étaient du même sang, mais ils avaient fréquenté la même école, appartenu, gamins, dans les rues, aux mêmes bandes, participé aux mêmes batailles. A cette époque-là, Gino vouait à son aîné une véritable admiration. Est-ce qu'il l'admirait toujours ? C'était possible. Avec lui, on ne pouvait pas savoir. Il y avait chez lui un côté sombre, passionné, qu'il ne laissait pas voir.

Eddie ne l'avait jamais compris, s'était toujours senti gêné devant lui. En outre, de menus détails le choquaient. Gino, par exemple, s'habillait encore à la façon voyante des mauvais garçons qu'ils imitaient quand ils étaient adolescents. Il en avait conservé les manières, la façon de se tenir, le regard appuyé et fuyant tout ensemble, et jusqu'à cette cigarette collée à la lèvre, cette affectation de tripoter perpétuellement un objet dans sa longue main pâle.

— Tu as reçu une lettre de maman ?

— Ce matin.

— Je me doutais qu'elle t'écrirait.

Ils avaient retrouvé l'eau, un lagon plus large qu'à Siesta Beach, avec un très long pont de bois sur lequel il y avait des pêcheurs et qui conduisait à une île. Les planches du pont tressautèrent sous les roues. Dans l'île, ils traversèrent un village, suivirent une route goudronnée. Ce fut bientôt la brousse, le marais, un fouillis de palmiers et de pins, enfin des dunes. Une demi-heure s'était écoulée depuis qu'ils s'étaient rencontrés, et ils n'avaient à peu près rien dit, quand Eddie poussa la voiture sur une piste entre les dunes et alla stopper, à la pointe extrême de l'île, sur une plage aveuglante où le ressac était violent et où ne se voyaient que des mouettes et des pélicans.

Il n'ouvrit pas la portière, resta assis dans son coin, moteur calé, alluma une cigarette. Le sable, sous les pieds, devait être brûlant. Des rangs de coquillages montraient la ligne que la mer avait atteinte aux marées précédentes. Une vague très haute, trop blanche, trop lumineuse pour qu'on pût la fixer, s'élevait à intervalles réguliers et retombait d'un mouvement lent en formant un nuage de poussière brillante.

— Tony ? questionna enfin Eddie en se tournant vers son frère.

— Qu'est-ce que maman t'a écrit ?

— Qu'il s'est marié. C'est vrai ?

— Oui.

— Tu sais où il est ?

— Pas exactement. Ils le cherchent. Ils ont retrouvé les parents de sa femme.

— Des Italiens ?

— Ils sont d'origine lituanienne. Le père possède une petite ferme en Pennsylvanie. Il paraît qu'il ne sait pas non plus où se trouve sa fille.

— Il est au courant du mariage ?

— Tony est allé le lui annoncer. A ce qu'on m'a dit, la fille travaillait dans un bureau à New York, mais c'est à Atlantic City, où elle prenait des vacances, que Tony l'a rencontrée. Ils ont dû se revoir à New York. Il y a environ deux mois, ils sont allés voir le vieux pour lui annoncer qu'ils venaient de se marier. Ils sont restés une dizaine de jours avec lui.

Eddie tendit le paquet de cigarettes, et son frère en prit une qu'il n'alluma pas.

— Je sais pourquoi ils le cherchent, dit lentement Gino, sans presque remuer les lèvres.

— L'affaire Carmine ?

— Non.

Il répugnait à Eddie de parler de ces sujets-là. C'était loin de lui, maintenant, presque dans un autre monde. Au fond, il aurait préféré ne pas savoir. C'est toujours dangereux d'en connaître trop. Pourquoi ses frères n'en étaient-ils pas sortis comme il l'avait fait ? Même ce surnom de *Bug* (l'insecte), sous lequel on désignait encore Gino, le choquait comme une inconvenance.

— C'est moi qui ai descendu Carmine, annonçait tranquillement celui-ci.

Eddie ne sourcilla pas. Gino avait toujours été un tueur par goût. Cela aussi empêchait son aîné, qui avait la brutalité en horreur, de se sentir de plain-pied avec lui.

Il ne le jugeait pas, ne trouvait pas cela mal en soi. C'était plutôt une gêne physique, comme quand Gino employait certains termes de *slang*, que lui-même n'employait plus depuis longtemps.

— Tony conduisait ?

Il connaissait la routine. Encore gamin, à Brooklyn,

il avait vu cette technique-là se mettre au point petit à petit, et, maintenant, le processus était à peu près invariable.

Chacun avait son rôle, sa spécialité, dont il était rare qu'il se départit. Il y avait d'abord celui qui fournissait la voiture au moment voulu, une voiture rapide, pas trop voyante, avec le réservoir plein d'essence, portant de préférence la plaque d'un autre État, parce que cela retardait les recherches. Ce travail-là, il l'avait accompli deux fois, alors qu'il avait à peine dix-sept ans. C'est par là que Tony avait commencé, lui aussi, plus jeune encore. Il amenait la voiture à un endroit déterminé, et on lui donnait dix ou vingt dollars.

Tony était tellement passionné de mécanique et de vitesse qu'il faisait cela par jeu, piquait le long du trottoir une voiture qui lui plaisait, rien que pour la joie de rouler pendant quelques heures sur la grand-route, où il finissait par l'abandonner. Une fois qu'il s'était écrasé contre un arbre, son camarade avait été tué et lui s'en était tiré sans une égratignure.

A dix-neuf ans, on lui confiait un travail plus sérieux. C'était lui qui pilotait l'auto transportant sur les lieux le tueur et son aide et qui, ensuite, poursuivi ou non par la police, devait les conduire là où un autre véhicule, non signalé, les attendait tous.

— Pour Carmine, c'est Fatty qui était au volant.

Gino en parlait avec une sorte de nostalgie. Eddie avait bien connu Fatty, un gros garçon, fils d'un savetier, plus jeune que lui, à qui, à l'occasion, il faisait faire des commissions.

— Qui était le chef ?

— Vince Vettori.

Il avait eu tort de poser la question, surtout s'il s'agissait de Vettori, car cela signifiait que l'affaire était importante et qu'il s'agissait d'un règlement entre grands patrons.

Carmine, Vettori, c'étaient, comme Boston Phil, des hommes qui travaillaient sur un plan au-dessus du sien. Ils donnaient des ordres et n'aimaient pas qu'on s'occupe de leurs faits et gestes.

— Tout a marché comme prévu. On savait que Carmine sortirait à onze heures d'*El Charro*, car il avait rendez-vous ailleurs un peu plus tard. Nous étions stationnés à une cinquantaine de mètres. Quand il a pris son vestiaire, on nous a envoyé le signal. Fatty a mis en marche tout doucement, et nous sommes arrivés devant le restaurant juste au moment où Carmine en ouvrait la porte. Je n'ai eu qu'à le farcir.

Le mot choqua Eddie. Il ne regardait pas son frère, mais observait un pélican qui planait au-dessus du rouleau blanc, se laissant parfois tomber pour cueillir un poisson. Des mouettes, jalouses, tournoyaient autour de lui en poussant des criaillements chaque fois qu'il attrapait une proie.

— Il y a pourtant eu un pépin. Je ne l'ai appris que par les potins.

Il en était toujours ainsi. Il était difficile de savoir exactement ce qui se passait. Les gros avaient soin de ne rien dire. On entendait de vagues rumeurs. On tirait des conclusions.

— Tu te souviens du père Rosenberg ?

— Le marchand de cigares ?

Eddie revoyait sa boutique de journaux et de cigares, juste en face d'*El Charro*. Au temps où Eddie prenait les petits paris pour un bookmaker, il lui était arrivé de s'installer devant chez Rosenberg. Celui-ci le savait, lui envoyait des clients, moyennant une petite commission. Il était déjà vieux à cette époque-là. Du moins, il lui paraissait vieux.

— Quel âge a-t-il ?

— Dans les soixante. Il paraît qu'on le tenait à l'œil depuis un certain temps. On prétend qu'il rendait des services à la police. Toujours est-il qu'O'Malley, le sergent, est allé le voir deux fois. Puis, le troisième soir, il l'a emmené chez le District Attorney. Je ne sais pas si Rosenberg a réellement parlé. Peut-être n'a-t-on voulu courir aucun risque. Il était occupé à fermer sa boutique quand nous avons abattu Carmine. Il avait pu nous reconnaître. On a décidé de le supprimer.

C'était toujours la routine. Vingt fois, quand il vivait à Brooklyn, Eddie avait entendu la même histoire. Combien de fois, ensuite, l'avait-il lue dans les journaux ?

— Pour je ne sais quelle raison, ils n'ont pas voulu que j'y aille et ils ont choisi un nouveau, un grand rouquin nommé Joe.

— Avec Tony au volant ?

— Oui. Tu as dû lire ce qui s'est passé. Il est probable que Rosenberg avait vraiment parlé, car ils lui avaient donné un garde du corps, un type en civil qui n'est pas du quartier. Rosenberg ouvrait régulièrement sa boutique à huit heures du matin. A cause de la station de métro qui est tout à côté, il y a assez de trafic dans le coin. L'auto s'est avancée. Le vieux était occupé à arranger sa devanture quand il a reçu trois plombs dans le dos. J'ignore si Joe a remarqué le type qui se tenait à côté de lui et s'il a flairé un flic. Peut-être, simplement, a-t-il voulu faire bonne mesure. Il l'a descendu aussi, et avant que la foule sache de quoi il retournait, l'auto avait disparu.

De tout cela, Eddie n'avait qu'une vague idée, mais la scène lui était assez familière pour qu'il la vît aussi nettement qu'au cinéma. Il avait assisté à une scène du même genre, ou presque, alors qu'il avait quatre ans et demi. Il était seul, des trois frères Rico, à en avoir été témoin. Gino, qui n'avait pas deux ans à l'époque, se trouvait dans la chambre de sa grand-mère à se traîner par terre. Quant à Tony, il n'était pas né. Sa mère le portait encore dans son ventre, et on avait placé une chaise pour elle derrière un des comptoirs de la boutique.

Pas la boutique qu'elle tenait maintenant. Le père vivait. Eddie le revoyait fort bien, avec ses cheveux drus et sombres, sa grosse tête, son air toujours calme.

Lui aussi, Eddie le trouvait vieux, alors qu'il n'avait en réalité que trente-cinq ans.

Il n'était pas né aux États-Unis, mais en Sicile, près de Taormina, où il travaillait, adolescent, dans une corderie. Il était arrivé à Brooklyn à l'âge de dix-neuf ans et avait dû exercer maints métiers, des métiers très humbles, probablement, car c'était un doux, un timide, aux gestes lents, au sourire un peu naïf. Il s'appelait Cesare. Certains, dans le quartier, se souvenaient encore de lui quand il vendait de la crème glacée dans les rues.

Vers la trentaine, il avait épousé Julia, qui n'avait que vingt ans et dont le père venait de mourir.

Eddie avait toujours soupçonné qu'on l'avait choisi parce qu'on avait besoin d'un homme pour tenir le magasin. C'était une boutique de quartier où l'on vendait des légumes, des fruits et un peu d'épicerie. La mère de Julia était déjà obèse. Eddie revoyait son père ouvrir la trappe qui se trouvait derrière le comptoir de gauche pour aller chercher du beurre ou du fromage à la cave, ou encore en ressortir avec un sac de pommes de terre sur les épaules.

Un après-midi qu'il neigeait. Eddie jouait dans la rue avec un petit camarade. Ils se tenaient tous les deux sur le trottoir d'en face. Il faisait encore assez clair, mais on avait déjà allumé les lampes de l'étalage. Il y avait eu du bruit vers le coin de la rue, des hommes qui couraient, des voix aiguës.

Cesare, en tablier blanc, était sorti de la boutique et s'était campé entre ses paniers. Quelqu'un, un de ceux qui couraient, l'avait bousculé, et, juste à ce moment-là, deux coups de feu avaient éclaté.

Est-ce qu'Eddie avait vraiment tout vu ? Tout retenu ? On avait tant et tant raconté cette histoire dans la maison que d'autres témoignages avaient dû s'ajouter à ses souvenirs.

Il revoyait en tout cas son père lever les deux mains vers son visage, rester un moment à vaciller, puis s'abattre sur le trottoir, et il aurait juré que c'était bien lui qui se rappelait que la moitié du visage de son père avait été emportée.

— La partie gauche n'était qu'un grand trou ! avait-il répété souvent.

Celui qui avait tiré devait se trouver encore assez loin, car l'homme poursuivi avait eu le temps de s'engouffrer dans la boutique.

— Il était jeune, n'est-ce pas, maman ?

— Dix-neuf ou vingt ans. Tu ne peux pas t'en souvenir.

— Mais si ! Il était tout habillé de noir.

— Tu as cru ça à cause de la demi-obscurité.

Un agent en uniforme, puis un autre, avaient atteint le magasin, où ils étaient entrés sans même se pencher sur le corps de Cesare Rico. Ils avaient trouvé Julia assise sur sa chaise derrière le comptoir de gauche, les mains croisées sur son ventre proéminent.

— Où est-il ?

— Par là…

Elle leur avait indiqué la porte du fond, qui donnait sur un couloir. Ils habitaient un très vieux pâté de maisons, et, derrière, s'enchevêtraient des cours où on garait les charrettes. Un des commerçants voisins possédait même une écurie avec un cheval.

Qui avait téléphoné pour l'ambulance ? Personne ne le sut jamais. Une ambulance n'en arriva pas moins. Eddie la vit déboucher dans la rue, s'arrêter net ; deux hommes en blanc sautèrent sur le trottoir, tandis que sa mère paraissait à la porte de la boutique et se précipitait vers son mari.

D'autres policiers avaient aidé à fouiller le quartier. Dix fois, ils avaient traversé le magasin. Les cours, derrière, avaient au moins deux ou trois issues.

Il avait fallu des années pour qu'Eddie apprît la vérité. L'homme qu'on chassait n'était pas passé par les cours. Quand il était entré dans la boutique, la trappe de la cave se trouvait ouverte. Julia, qui l'avait reconnu, lui avait fait signe de s'y précipiter, avait refermé la trappe et mis sa chaise dessus. Aucun des policiers n'y avait pensé !

— Je ne pouvais pas m'élancer vers votre pauvre père… concluait-elle simplement.

Cela leur paraissait naturel, à tous. Dans le quartier, tout le monde avait trouvé cela naturel.

Le jeune homme était un Polonais doté d'un étrange

prénom et qui parlait à peine l'anglais à cette époque. Longtemps, pendant des années, il avait disparu de la circulation.

Quand on l'avait revu, c'était un homme de carrure imposante qui s'appelait Sid Kubik et, déjà, était presque un grand patron. C'était lui qui centralisait les paris pour les courses, non seulement à Brooklyn, mais dans le bas Manhattan et dans Greenwich Village, et Eddie avait commencé à travailler pour lui.

Enfin, c'est parce que le père était mort, et qu'il est difficile à une femme de coltiner des caisses de fruits et des paniers de légumes, que Julia avait racheté, tout à côté, le comptoir de bonbons et de sodas.

Plusieurs fois, Kubik était venu la saluer en passant. Il l'appelait maman Julia, avec son drôle d'accent.

Les deux hommes, dans l'auto, s'étaient tus. Eddie avait aperçu, très loin sur la plage, une tache rouge, la silhouette d'une femme en costume de bain écarlate qui marchait lentement et se penchait à intervalles inégaux. Sans doute ramassait-elle des coquillages. Elle en avait pour longtemps avant d'arriver près d'eux.

Un détail le tracassait. L'affaire Carmine était vieille de six mois. Quatre jours après le coup de l'*El Charro*, le seul témoin avait été supprimé. Aucun District Attorney, dans ces conditions-là, n'était assez fou pour s'attaquer à l'organisation.

Avant d'engager la procédure, ils attendent d'avoir des bases solides, des témoignages sur lesquels ils puissent compter. La preuve, c'est qu'on était resté des semaines, des mois, sans entendre parler de l'affaire. Le Grand Jury s'en occupait mollement, parce qu'il faut rassurer la population.

Eddie savait que son frère pensait à la même chose que lui.

— Quelqu'un a parlé ? finit-il par murmurer en détournant la tête.

— Je n'ai rien pu apprendre de précis. Toutes sortes de bruits courent. Depuis deux semaines surtout les gens chuchotent ; on voit, dans les bars, des têtes nouvelles : O'Malley montre partout un sourire satisfait, comme s'il préparait une surprise. Je ne compte plus les gens qui m'ont demandé, l'air innocent :

» — *Tu as des nouvelles de Tony ?*

» J'ai eu également l'impression que d'autres n'avaient pas envie de se montrer en ma compagnie. Certains m'ont dit :

» — *Alors, Tony s'est rangé ? C'est vrai qu'il a épousé une bourgeoise ?*

» Puis j'ai reçu l'ordre de me rendre à San Diego et d'y rester.

— Pourquoi es-tu passé me voir ?

Gino regarda son frère d'une étrange façon, comme s'il s'en méfiait autant que des autres.

— A cause de Tony.

— Explique.

— S'ils le trouvent, ils le descendront.

Sans véritable conviction, Eddie murmura :

— Tu crois ?

— Ils ne prendront pas plus de risque qu'avec Rosenberg. Déjà, en règle générale, ils n'aiment pas que quelqu'un quitte l'organisation.

Eddie le savait aussi, parbleu, mais cela lui déplaisait d'y penser si crûment.

— Tony était de la dernière affaire, celle dont le District Attorney est en train de s'occuper. Ils se disent que, si la police le questionne comme il faut, il se pourrait qu'il parle.

— Tu le crois aussi ?

Gino regarda par la portière, cracha dans le sable chaud et laissa tomber après un silence :

— C'est possible.

Puis, toujours entre ses lèvres presque immobiles :

— Il est amoureux.

Enfin :

— Le bruit court que sa femme est enceinte.

Ce mot-là avait l'air de le dégoûter.

— Tu ne sais vraiment pas où il est ?

— Si je le savais, j'irais le voir.

Eddie n'osa pas lui demander pourquoi. Ils avaient beau être frères, il y avait entre eux, au-dessus d'eux, cette organisation dont ils ne parlaient que par allusions.

— Où serait-il à l'abri ?

— Au Canada, au Mexique, en Amérique du Sud. N'importe où. Le temps que ça se calme.

Gino poursuivit sur un autre ton, comme s'il se parlait à lui-même :

— J'ai pensé que tu étais plus libre de tes mouvements que moi. Tu connais beaucoup de monde. Tu n'es pas dans le coup. Peut-être parviendras-tu à savoir où il se cache et à lui donner les moyens de partir ?

— Il a de l'argent ?

— Tu sais bien qu'il n'en a jamais eu.

La femme en rouge n'était plus qu'à trois cents mètres, et Eddie, soudain, tourna la clef de contact, appuya sur l'accélérateur. La voiture fit une marche arrière dans le sable, vira entre les dunes.

— Où sont tes bagages ?

— Je n'ai qu'une valise. Je l'ai laissée dans un des casiers de la gare d'autocars.

Gino n'avait jamais possédé qu'une valise. Depuis qu'il avait quitté la maison de leur mère, à l'âge de dix-huit ans, il n'avait pas eu de vrai domicile. Il vivait dans des meublés, un mois ici, quinze jours là, et c'était dans les bars qu'on pouvait l'atteindre ou lui adresser son courrier bien qu'il ne bût ni alcool, ni bière.

Ils roulaient en silence. Gino n'avait toujours pas allumé sa cigarette. Eddie se demandait s'il l'avait déjà vu fumer réellement.

— Il vaut mieux que nous ne passions pas par la grand-route, murmura l'aîné, non sans une certaine gêne.

Il ajouta :

— Joe est ici.

Tous les deux comprenaient. Certes, il était naturel qu'on eût éloigné Joe comme on avait éloigné Gino. Ce n'était pas la première fois qu'on envoyait ainsi quelqu'un à Eddie pour quelques jours ou pour quelques semaines.

Mais n'était-il là que pour se planquer ? Il existait cinquante endroits où on pouvait l'expédier, et on avait choisi de l'installer chez un des frères Rico.

— Je ne l'aime pas, murmura Eddie.

Son frère haussa les épaules. Ils suivaient un chemin parallèle à la grand-route, et soudain, comme ils atteignaient un endroit assez désert, Gino prononça :

— Il vaut mieux que tu me laisses ici.

— Qu'est-ce que tu vas faire ?

— De l'auto-stop.

Eddie préférait ça, mais évitait de le laisser voir.

— Tu ne t'occuperas pas de Tony, je suppose ?

— Mais si. Je ferai tout mon possible.

Gino n'y croyait pas. Il ouvrit la portière, ne rendit pas la main, se contenta de l'agiter un instant en disant :

— *Bye-bye !*

Mal à l'aise, Eddie finit par remettre son auto en marche et, sans se retourner, vit la silhouette de son frère s'amenuiser dans le rétroviseur.

Il avait annoncé à Miss Van Ness qu'il se rendait au *Club Flamingo.* Si Boston Phil avait téléphoné de Miami, elle lui avait fait la commission, et Phil avait sûrement appelé le *Flamingo.* Il n'aimait pas ça. Il était libre de ses mouvements, bien sûr. Il pouvait avoir eu un empêchement, ou avoir rencontré n'importe qui. Il pouvait avoir eu une panne. Le moment n'en était pas moins mal choisi.

Il se mit à rouler très vite, rejoignit la grand-route, stoppa, un peu avant midi, en face du *Flamingo* qui annonçait : *Cocktails-Grill-Dancing.*

Trois ou quatre voitures étaient parquées devant la porte. Il mit la sienne moitié dans l'ombre, moitié au soleil, faute d'une meilleure place, poussa la porte, pénétra dans le bar où, grâce à l'air conditionné, il faisait frais, presque froid.

— Hello ! Teddy.

— Hello, monsieur Rico.

— Pat est là ?

— Le patron est dans son bureau.

Il fallait traverser la salle aux murs décorés de flamants roses, où un maître d'hôtel servait deux tablées de clients. Venait ensuite une sorte de salon aux fauteuils de velours rouge avec, au fond, une porte marquée : *Privé.*

Pat McGee répondit tout de suite, tendit une main musclée.

— Ça va ?

— Ça va.

— On vient justement de te demander au téléphone.

— Phil ?

— C'est cela. De Miami. Voici son numéro. Il désire que tu le rappelles.

— Il n'a rien dit ?

Pourquoi regardait-il McGee d'un œil soupçonneux ? Il avait tort. Boston Phil n'était pas homme à faire des confidences à un McGee.

Celui-ci avait décroché l'appareil. Deux minutes plus tard, il le tendait à Eddie en annonçant :

— Il est descendu à l'*Excelsior.* Je crois qu'il n'est pas seul.

La voix désagréable de Phil, à l'autre bout du fil :

— Allô ! Eddie ?

Celui-ci connaissait les somptueux appartements de l'*Excelsior*, à Miami Beach. Phil prenait toujours un salon, où il aimait recevoir et où il préparait lui-même les cocktails. Il connaissait une quantité surprenante de journalistes et de gens de tous les milieux, des acteurs, des professionnels du sport, voire des gros bonnets du pétrole du Texas.

— J'ai dû m'arrêter dans un garage parce que ma voiture…

L'autre, sans le laisser finir, coupa :

— Sid est arrivé.

Il n'y avait rien à répondre. Eddie attendait. D'autres personnes se trouvaient dans la pièce, là-bas, car un murmure de voix lui parvenait, dont une voix haut perchée de femme.

— Il y avait un avion à midi. A présent, il est trop tard. Tu prendras celui de deux heures trente.

— Je dois aller là-bas ?

— Il me semble que c'est ce que je dis.

— Je n'étais pas sûr. Pardon.

Il prenait le ton d'un comptable devant son directeur, ou devant un inspecteur qui va lui réclamer des comptes, et la présence de McGee le gênait. Il ne voulait pas se montrer humble en sa présence.

Car enfin, ici, dans son secteur, c'était lui le patron. C'était de lui que, dans un moment, McGee allait prendre des ordres.

— Le jeune homme est arrivé ?

— Je l'ai mis au magasin.

— A tout à l'heure.

Phil raccrocha.

— Toujours le même ! remarqua Pat McGee. Il croit qu'il n'y a que lui.

— Oui.

— Tu veux les comptes de la semaine ?

— Je n'ai pas le temps aujourd'hui. Je vais à Miami.

— C'est ce que j'ai cru comprendre. On dit que Sid est là-bas.

C'était inouï comme tout se savait. Pourtant McGee n'était rien, que le tenancier d'un bar au bord de la route où il y avait quelques machines à sous et, à l'occasion, une partie de dés et des paris.

Deux fois la semaine, Rico faisait sa tournée et ramassait sa part. Quant aux paris, c'était Miss Van Ness qui les transmettait directement à Miami par téléphone.

Tout ce qu'il récoltait de la sorte n'était pas pour lui, bien entendu. Le plus gros était envoyé à l'échelon supérieur, mais il lui en restait assez pour vivre confortablement comme il avait toujours rêvé de vivre.

Il n'était pas un grand patron. On ne parlait pas de lui dans les journaux, rarement dans les bars de New York, du New Jersey ou de Chicago. Il était un patron quand même, dans son fief, où il n'y avait pas un *night club* qui ne lui payât sa contribution sans broncher.

On n'essayait pas de tricher. Il connaissait trop bien les chiffres. Il ne se fâchait jamais, ne proférait pas de menaces. Au contraire, il parlait doucement, prononçait aussi peu de mots que possible, et tout le monde comprenait.

Au fond, il agissait un peu avec les autres comme Boston Phil agissait avec lui. Peut-être certains, derrière son dos, prétendaient-ils qu'il l'imitait ?

— Un martini ?

— Non. Je dois passer par la maison pour me changer.

Quand il faisait chaud, il lui arrivait de changer de complet et de linge deux fois par jour. N'était-ce pas par Phil aussi qu'il l'avait vu faire ?

Sans penser, il gratta sa joue, et le grain de beauté se remit à saigner. A peine une goutte. Il n'en regarda pas moins son mouchoir d'un air soucieux.

— C'est vrai que le *Samoa* a recommencé la roulette ?

— Une fois de temps en temps, quand la clientèle s'y prête.

— C'est d'accord avec Garret ?

— A condition qu'il n'y ait pas de réclamations.

— J'ai bien envie…

— Non ! Pas ici. C'est trop voyant, trop près de la ville. Ce serait dangereux.

Le sheriff Garret était un de ses amis. Ils dînaient de temps en temps ensemble. Garret avait de bonnes raisons pour ne rien lui refuser. C'était quand même du travail délicat. Les tenanciers comme McGee ne s'en rendaient pas toujours compte et avaient tendance à exagérer.

— A dans deux ou trois jours.

— Mes amitiés à Phil. Voilà bien cinq ans qu'il n'est pas passé par ici.

Eddie rejoignit sa voiture en se demandant si Pat avait remarqué qu'il était préoccupé. Il passa par le magasin, où il annonça qu'il ne reviendrait pas avant le lendemain ou le surlendemain. Qu'est-ce que Miss Van Ness savait au juste ? Il ne l'avait pas choisie. Elle lui avait été envoyée de là-haut. Joe, en blouse blanche, servait une cliente, et cela avait l'air de l'amuser. Il adressa à Rico un clin d'œil que celui-ci trouva trop familier.

— Tu le surveilles ! recommanda-t-il au vieil Angelo, en qui il avait confiance.

— Comptez sur moi, patron.

Les aînées ne rentraient pas de l'école pour déjeuner. Alice, qui l'attendait, comprit qu'il y avait du nouveau.

— Tu montes te changer ?

— Oui. Viens préparer ma valise.

— Tu vas à Miami ?

— Oui.

— Pour plusieurs jours ?

— Je ne sais pas.

Il hésita à lui répondre qu'il avait vu son frère Gino. Il était sûr qu'elle ne le trahirait pas. Ce n'était pas non plus la femme à bavarder à tort et à travers.

S'il lui parlait rarement de ses affaires, c'était plutôt par pudeur. Bien sûr qu'elle savait à peu près de quoi il s'occupait. Il n'en préférait pas moins éviter les détails. A ses yeux, sa maison, sa famille devaient rester en dehors.

Il aimait bien Alice. Il appréciait surtout qu'elle l'aime sans restriction.

— Tu me téléphoneras ?

— Dès ce soir.

Il téléphonait chaque jour quand il était en voyage, voire deux fois par jour. Il s'informait des enfants, de tout. Il avait besoin de sentir que la maison était toujours là, avec tout ce qu'elle comportait.

— Tu emportes ton smoking blanc ?

— C'est prudent. On ne sait jamais.

— Trois complets ?

Elle avait l'habitude.

— Tu as du sang sur la joue.

— Je sais.

Avant de partir, il y remit un peu d'alun, alla embrasser Babe qui faisait déjà la sieste et se demanda si elle parlerait un jour.

Qu'est-ce que les deux aînées penseraient, diraient de lui, plus tard ? Quel souvenir garderaient-elles de leur père ? Cela le tracassait souvent.

Il prit sa femme dans ses bras, et tout son corps était doux, elle sentait bon, ses lèvres étaient bonnes.

— Ne reste pas trop longtemps absent.

Il avait commandé un taxi afin de laisser la voiture à Alice. Le chauffeur le connaissait et l'appela patron.

3

Des passagers, venus de Tampa et de plus haut, avaient retiré leur cravate et leur veston. Eddie se mettait rarement à son aise en public. Il se tenait aussi droit que dans un autobus, regardant vaguement devant lui, avec parfois un coup d'œil sans curiosité à la jungle verte et rousse qu'on survolait. A la *stewardess*, qui lui demandait en souriant s'il désirait du thé ou du café, il s'était contenté de répondre par un signe de tête. Il ne se croyait pas obligé d'être aimable avec les femmes. Il n'était pas grossier non plus. Il se méfiait.

Toute sa vie, il s'était méfié de beaucoup de choses, et cela ne lui avait pas trop mal réussi. De temps en temps, par le hublot, il apercevait la route luisante qui longeait le trait presque droit d'un canal où ne passait aucun bateau. C'était un canal d'irrigation, stagnant, noir, comme visqueux, dans la vase duquel glissaient des alligators et d'autres animaux qui ne se laissaient deviner que par les grosses bulles qui montaient sans cesse à la surface.

Sur un tronçon de route de plus de cent cinquante milles, il n'y avait ni une maison, ni une pompe à essence. Pas d'ombre non plus. Et parfois il s'écoulait une heure sans que passe une voiture.

Il était toujours nerveux quand il faisait ce chemin en auto, surtout seul. Même l'air, comme épaissi par le soleil, donnait l'impression d'un grouillement hostile. A un bout, il y avait Miami, ses avenues de palmiers et ses grands hôtels qui s'élançaient tout blancs dans le ciel ; à l'autre, les petites villes si propres et si paisibles du golfe du Mexique.

Entre les deux, c'était littéralement un *no man's land*, une jungle brûlante livrée aux bêtes innommables.

Que serait-il arrivé, s'il s'était soudain senti malade au volant ?

Avec l'avion, où l'air était conditionné, le trajet ne prenait guère plus de temps qu'il n'en fallait en autobus, quand il était petit, pour aller de Brooklyn au centre de Manhattan.

Une certaine nervosité ne l'en prenait pas moins en quittant son fief, comme elle le prenait jadis quand il quittait son quartier.

A Miami, il n'était plus le patron. Dans la rue, dans les bars, personne ne le connaissait. Les gens qu'il allait voir vivaient sur un plan différent du sien. Ils étaient plus puissants que lui. C'était d'eux qu'il dépendait.

C'était arrivé plusieurs fois qu'il se rende là-bas dans les mêmes conditions. Les grands patrons passaient presque tous quelques semaines chaque année à Miami ou à Palm Beach. Ils dédaignaient la côte ouest et, quand ils avaient besoin de lui parler, le faisaient venir.

Il se préparait toujours à ces entrevues-là, ainsi qu'il le faisait maintenant, non pas en se demandant ce qu'il allait leur dire, mais en se donnant confiance en lui-même. Tout était là. Il avait besoin de sentir qu'il avait raison.

Et il avait eu raison toute sa vie. Même quand certains de ses camarades de Brooklyn se moquaient de lui et l'appelaient le Comptable.

Combien d'entre eux, à l'heure qu'il était, étaient encore en vie pour admettre qu'il avait choisi la bonne voie ?

Il est vrai que, s'ils étaient là, ils ne l'admettraient probablement pas. Même Gino ne l'admettait pas. Eddie avait toujours l'impression que son frère ne le regardait pas avec envie, mais avec un certain mépris.

Or, c'était Gino, c'étaient les autres qui se trompaient.

Quand il était bien convaincu de cela, il se sentait fort et pouvait envisager avec sang-froid l'entrevue qu'il aurait tout à l'heure avec Phil et Sid Kubik.

Malgré les airs que se donnait Boston Phil, ce n'était pas son opinion qui importait, mais celle de Kubik. Et celui-là le connaissait.

Eddie avait toujours suivi une ligne droite.

A l'époque où il avait décidé de sa vie, quantité d'autres voies s'offraient à lui. L'organisation n'était pas ce qu'elle était aujourd'hui. Elle n'existait pour ainsi dire pas. On parlait encore des grands barons, ceux qui s'étaient imposés pendant la prohibition. Il arrivait bien à ceux-ci de s'entendre entre eux pour quelque entreprise, de se partager une région, de réunir leurs troupes, mais cela n'en finissait pas moins, presque toujours, par des hécatombes.

Et, en dehors d'eux, grouillaient des centaines de petits caïds. Certains ne dominaient qu'un quartier, voire deux ou trois rues. Certains même ne s'occupaient que d'un seul *racket*.

Il en était ainsi à Brooklyn et dans le bas Manhattan. A vingt ans, des gamins avec qui Eddie était allé à l'école se croyaient des chefs et, aidés par deux ou trois camarades, essayaient de se tailler un domaine. Non seulement il leur fallait éliminer ceux qui les gênaient, mais encore ils étaient obligés de tuer pour établir leur prestige.

C'était vrai qu'ils avaient du prestige, que toute une rue les regardait avec admiration et envie quand, luxueusement vêtus, ils descendaient d'une voiture décapotable pour pénétrer dans un bar ou dans un billard.

Est-ce cela qui avait ébloui Gino ? Franchement, Eddie ne le croyait pas. Gino était un cas à part. Il n'avait jamais bluffé, jeté de poudre aux yeux, ne s'était pas non plus préoccupé de l'admiration des filles. S'il était devenu un tueur, c'était par vocation, de sang-froid, comme s'il avait une vengeance à assouvir, ou, mieux, comme si de presser la détente de son automatique devant une cible vivante lui procurait de secrètes voluptés.

Certains le prétendaient avec des mots crus. Eddie préférait ne pas approfondir la question. Il s'agissait de son frère. Est-ce que Gino, à l'heure qu'il était, se trouvait à nouveau ballotté dans le coin d'un autocar en direction du Mississippi et de la Californie ?

Eddie, lui, n'avait jamais essayé de travailler seul. Il n'avait jamais été arrêté non plus. Il était un des rares survivants de cette époque-là à ne pas avoir de casier judiciaire, et ses empreintes digitales ne figuraient pas aux dossiers de la police.

Quand il ramassait des petits paris dans la rue, au temps où il ne se rasait pas encore, c'était pour le compte d'un bookmaker local qui ne lui donnait pas de pourcentage, mais qui, en fin de journée, s'il n'avait pas trop mal réussi, lui allouait deux ou trois dollars pour sa peine.

A l'école, il avait été bon élève. Seul des trois frères Rico, il y était allé jusqu'à l'âge de quinze ans.

Une importante agence de paris se créa un jour derrière un salon de coiffure, et c'est là qu'il fit réellement ses premières armes. Un tableau noir, où s'inscrivaient les noms des chevaux et leur cote, occupait un pan de mur. Il y avait une dizaine d'appareils téléphoniques, autant et plus d'employés, des bancs pour les joueurs qui attendaient les résultats. Le patron s'appelait Faléra, mais on savait déjà qu'il ne travaillait pas pour son compte, qu'il y avait quelqu'un de plus important derrière lui.

Était-ce encore le même aujourd'hui ?

Car, au-dessus de Phil, de Sid Kubik, et même d'un homme comme Old Mossie, qui possédait plusieurs casinos et qui avait construit à Reno un *night club* de plusieurs millions, il existait un autre échelon dont Eddie ne savait à peu près rien.

Tout comme, d'ailleurs, les petits tenanciers de Santa Clara et des deux comtés qu'il dirigeait ignoraient qui était derrière lui.

On disait « l'organisation ». Certains faisaient des suppositions, essayaient de savoir, parlaient trop. D'autres se croyaient assez forts pour n'avoir pas besoin de protection, prétendaient devenir leur propre maître, et il était rare que cela leur réussît. En fait, Rico ne connaissait pas un seul cas où cela eût réussi. Les uns après les autres, les Nitti, les Caracciolo (qu'on appelait pourtant Lucky), les Dillon, les Landis des douzaines encore, avaient un beau jour fait une promenade en auto qui avait abouti dans un terrain vague, ou bien, comme Carmine plus récemment, s'étaient affalés, criblés de balles à la fin d'un bon dîner.

Eddie avait toujours suivi la règle. Sid Kubik le savait, qui connaissait sa mère. Les autres, au-dessus de lui, devaient le savoir aussi.

Pendant des années, c'était lui, Eddie Rico, qu'on avait envoyé partout où se montait une nouvelle agence. Il était devenu un véritable expert. Il avait travaillé à Chicago, en Louisiane, et, pendant plusieurs semaines, avait aidé à mettre en ordre les affaires de Saint Louis, du Missouri.

Il était calme, ponctuel. Jamais il n'avait réclamé plus que sa part.

Il pouvait calculer, à quelques dollars près, le rendement d'une machine à sous installée dans tel endroit, la recette d'une partie de roulette, ou de *crap game*, et les loteries n'avaient aucun secret pour lui.

On disait : « Il sait compter ! »

Les premiers temps de son mariage, il avait continué à voyager. Ce n'est qu'à la naissance de sa première fille qu'il avait demandé un poste à demeure. D'autres l'auraient exigé, car il l'avait bien gagné. Lui pas. Mais il avait présenté une proposition précise.

C'était depuis longtemps son ambition d'avoir une région à lui, et il connaissait sa carte des Etats-Unis sur le bout des doigts. Toutes les bonnes places semblaient avoir été distribuées. Miami et la côte est de Floride, avec leurs casinos, leurs hôtels de grand luxe, le gratin du monde entier qui s'y précipitait chaque hiver, constituaient un des plus gros morceaux, si gros qu'ils étaient trois ou quatre à se le partager et que Boston Phil devait souvent y venir pour les mettre d'accord et les surveiller.

Sur la côte ouest, il n'y avait personne. Nul ne s'en souciait. Les petites villes qui s'échelonnaient le long de la plage et du lagon, à raison d'une par vingt ou trente milles, étaient fréquentées par des gens calmes, des officiers supérieurs à la retraite, des hauts fonctionnaires, des industriels qui venaient d'un peu partout se mettre à l'abri des froids de l'hiver, ou se retirer définitivement.

— Entendu, petit ! lui avait dit Sid Kubik, qui était devenu un homme de large carrure, avec une tête comme taillée dans de la pierre blanche.

Qui donc, sinon Eddie, avait fait de la côte du Golfe ce qu'elle était devenue ? Les chefs ne l'ignoraient pas. Ils avaient les chiffres de ce qu'ils encaissaient chaque année.

Et, en près de dix ans, il n'y avait pas eu un coup de feu, pas une campagne de presse.

C'était Eddie qui avait eu l'idée, comme façade, de racheter pour presque rien l'affaire de fruits et de légumes qui, à l'époque, ne donnait pas de bénéfices.

Maintenant le *West Coast Fruit Imporium* comportait trois succursales dans trois localités différentes, et Eddie aurait pu vivre de son revenu.

Il n'avait pas fait bâtir tout de suite. Il avait loué une maison dans un quartier convenable, mais pas trop luxueux. Il ne s'était pas précipité chez le sheriff, ni chez le chef de la police, comme d'autres l'auraient fait.

Il avait attendu d'avoir la réputation d'un honnête commerçant, d'un bon père de famille, d'un homme tranquille qui allait à l'église chaque dimanche et donnait largement aux œuvres de bienfaisance.

Alors, seulement, il avait abordé le sheriff, après s'y être préparé comme, dans l'avion, il se préparait à son entrevue de Miami. Il avait parlé raison.

— Il existe dans le comté huit maisons où l'on joue, une dizaine où on prend les paris et au moins trois cents machines à sous un peu partout, y compris dans les salons des deux *Country Club.*

C'était exact. Tout cela était entre les mains de petits margoulins travaillant en francs-tireurs.

— Périodiquement des ligues s'indignent, parlent du vice, de la prostitution, etc. Vous arrêtez quelques types. On les condamne ou on ne les condamne pas. Ou bien ils recommencent ensuite, ou bien d'autres prennent bientôt leur place. Vous savez qu'on ne peut pas supprimer ça.

Qu'on lui laisse les mains libres, à lui, Eddie, et le nombre de ces maisons serait limité, une surveillance serait établie, une discipline imposée. Ainsi des joueurs occasionnels n'iraient plus se plaindre d'avoir été dépouillés dans une partie truquée. On ne verrait plus de filles mineures sur les trottoirs ou dans les bars. Bref, il n'y aurait plus de scandale.

Il n'avait pas eu besoin de parler de rétribution. Le sheriff avait compris. Sa juridiction ne s'étendait pas à la ville même, mais le chef de police, quelques semaines plus tard, était entré en contact avec Eddie.

Avec les tenanciers, il s'était montré plus persuasif encore, plus froid aussi. Ceux-là, il les connaissait à fond.

— Pour le moment, tu fais tant de dollars par semaine, mais, sur cette somme, tu as des frais à déduire. Des policiers, des politiciens viennent sans cesse te réclamer de l'argent, malgré quoi il arrive qu'on ferme ta boutique et que tu passes en jugement.

» Avec l'organisation, tu commences par doubler ton chiffre, parce qu'il n'y a plus d'imprévus ni d'ennuis et que tu peux travailler à peu près ouvertement. Tout est réglé une bonne fois. De sorte que tu y gagnes encore en nous versant cinquante pour cent.

» Si tu ne marches pas, je connais des garçons un peu rudes qui viendront faire un tour dans le pays et auront une conversation avec toi.

C'étaient les moments qu'il préférait. Il se sentait maître de lui. A peine, au début, quand l'entretien n'avait pas encore pris tournure, sa lèvre inférieure frémissait-elle imperceptiblement.

Il n'était jamais armé. Le seul automatique qu'il possédait était dans le tiroir de sa table de nuit. Quant à se battre, il avait trop horreur des coups et du sang pour cela. Il ne s'était battu qu'une fois dans sa vie, à seize ans, et de saigner du nez lui avait donné mal au cœur.

— Réfléchis. Je ne te bouscule pas. Je reviendrai te voir demain.

On avait changé le sheriff depuis, mais cela marchait aussi bien avec le sheriff actuel, Bill Garret, et avec Craig, le chef de la police.

Les journalistes avaient compris, y trouvaient leur avantage aussi, pas en argent, pour la plupart, mais en dîners, en cocktails, en jolies filles.

Eddie savait ce que Gino pensait de lui. Il n'en était pas moins sûr d'avoir raison. Il possédait une des plus jolies maisons de Siesta Beach. Il avait une femme à lui, qu'il pouvait présenter à n'importe qui sans craindre qu'elle commette de bévues. Ses deux aînées fréquentaient la meilleure école privée. Pour la majorité des gens de Santa Clara et des environs, il était un commerçant prospère qui avait toujours fait honneur à sa signature.

Il avait tenté, trois mois plus tôt, une expérience qui aurait pu être dangereuse. Il avait présenté sa candidature au *Siesta Beach Country Club*, tout proche de chez lui, très exclusif. Cela l'avait rendu nerveux pendant huit jours, au point de se ronger les ongles. Quand il avait enfin reçu le coup de téléphone lui annonçant qu'il était élu, des larmes avaient mouillé ses paupières, il avait tenu un long moment Alice dans ses bras sans pouvoir prononcer un mot.

Il n'aimait pas Phil, qui n'avait jamais vécu à Brooklyn et qui s'était élevé par d'autres moyens que lui. Il ne savait d'ailleurs pas lesquels, ne se fiait pas aux bruits qui couraient.

En tout cas, il y avait Sid Kubik qui savait ce qu'Eddie valait et qui avait été sauvé autrefois par ses parents.

Il se leva, prit sa valise dans le filet, suivit la file, descendit les marches, soudain enveloppé de chaleur humide. Il choisit son taxi. Il avait horreur des vieux taxis aux banquettes défoncées et aimait que le chauffeur présente bien.

— A l'*Excelsior*.

Miami ne l'éblouissait pas. C'était grand, d'un luxe agressif. Il y avait une réelle somptuosité dans les longues avenues bordées de palmiers, où les plus grandes maisons de la Cinquième Avenue avaient leur succursale. Les vastes demeures blanches ou roses dont le jardin donnait sur le lagon avaient presque toutes leur yacht ancré près d'une jetée privée, et les canots automobiles ne se comptaient pas, ni les hydravions.

On prétendait, à New York et à Brooklyn, qu'un des grands patrons habitait toute l'année une de ces vastes constructions, que sa chambre à coucher était blindée et qu'il y entretenait en permanence une demi-douzaine de gardes du corps.

Cela n'intéressait pas Eddie. Cela ne le concernait pas. C'était sa force de ne pas s'en préoccuper.

Il se tenait à sa place, n'enviait personne, n'essayait de supplanter personne. Voilà pourquoi il n'était pas effrayé.

L'*Excelsior* comportait vingt-sept étages, une vaste piscine au bord de la mer, des boutiques de grand luxe tout le long du hall, et les livrées du personnel devaient coûter une fortune.

— M. Kubik, s'il vous plaît.

Poli. Sûr de lui. Il attendait. L'employé téléphonait.

— M. Kubik vous prie d'attendre. Il est en conférence.

Phil l'aurait fait exprès, afin de lui enlever ses moyens, ou pour montrer son importance. Pas Sid Kubik. C'était naturel qu'il soit occupé, qu'il tienne une conférence. Ses affaires avaient plus d'envergure que celles du plus grand magasin de New York, et peut-être même que celles d'une compagnie d'assurances. Elles étaient plus compliquées, aussi, car il n'existait pas de grands livres auxquels se fier.

Après un quart d'heure, il fut tenté d'aller boire un verre. Un bar s'ouvrait au fond du hall, ouaté de pénombre rassurante comme la plupart des bars. Cela lui arrivait, avant une entrevue importante, de boire un whisky, rarement deux. S'il ne voulait pas le faire aujourd'hui, c'était pour se prouver qu'il n'avait pas peur.

De quoi aurait-il eu peur ? Que pouvait-on lui reprocher ? Kubik allait sans doute lui parler de Tony. Eddie n'était pas responsable du mariage de son plus jeune frère, ni de sa nouvelle attitude.

Un des ascenseurs était près de lui, montant et descendant sans cesse, et, chaque fois que des gens en sortaient, il se demandait si c'étaient ceux avec qui le patron avait été en conférence.

— Monsieur Rico ?

— Oui.

Il avait ressenti un petit pincement dans la poitrine.

— Au 1262. On vous attend.

L'ascenseur bondit sans bruit. Les couloirs étaient clairs, avec un épais tapis vert pâle au milieu, les chiffres en cuivre découpé sur les portes.

Le 1262 s'ouvrit sans qu'il eût besoin de frapper, et Phil lui tendit silencieusement la main, une main impersonnelle qui ne serrait pas la sienne. Il était grand, les cheveux rares, les contours mous dans un complet de chantoung crème.

Aux fenêtres, qui devaient donner sur la mer, les stores vénitiens avaient leurs lattes à peu près closes.

— Kubik ? questionna Eddie, en regardant autour de lui le vaste salon vide.

Du menton, Phil lui désigna une porte entrouverte. Il y avait réellement eu une conférence : des verres traînaient sur les guéridons, quatre ou cinq cigares restaient inachevés dans les cendriers.

Kubik sortit de sa chambre, le torse nu, une serviette éponge à la main, répandant une forte odeur d'eau de Cologne.

— Assieds-toi, petit.

Il avait la poitrine puissante et velue. Ses bras étaient aussi musclés que ceux d'un boxeur, tout son corps, surtout son menton, fait d'une matière très dure.

— Sers-lui un *highball*, Phil.

Eddie ne protesta pas, parce qu'il considérait qu'il n'avait pas à refuser.

— Je viens tout de suite.

Il disparaissait à nouveau, revenait un peu plus tard en enfonçant le bas d'une chemise dans son pantalon de toile.

— Tu as des nouvelles de ton frère ?

Eddie se demanda si on savait déjà que Gino ne s'était pas rendu directement en Californie. Il était dangereux de mentir.

— Tony ? préféra-t-il questionner, tandis que Phil mettait de la glace dans un grand verre.

— Il t'a écrit ?

— Pas lui. Ma mère. J'ai reçu la lettre ce matin.

— Que dit-elle ? J'aime bien ta mère, c'est une femme brave. Comment va-t-elle ?

— Bien.

— Elle a vu Tony ?

— Non. Elle m'écrit qu'il s'est marié, mais qu'elle ignore avec qui.

— Il n'est pas allé chez elle ces derniers temps ?

— C'est justement de quoi elle se plaint.

Kubik s'était laissé tomber dans un fauteuil, les jambes allongées. Il tendait la main vers une boîte de cigares, et Phil allumait un briquet en or à ses initiales.

— C'est tout ce que tu sais de Tony ?

Il valait mieux jouer franc jeu. Sid Kubik n'avait pas l'air de l'observer, mais Eddie n'en sentait pas moins des regards furtifs passer sur lui, rapides, aigus.

— Ma mère me raconte que plusieurs personnes qu'elle ne connaît pas sont allées la questionner au sujet de Tony et elle se demande pourquoi. Elle paraît inquiète.

— Elle croit que c'est la police ?

Il regarda Kubik en face, répondit nettement :

— Non.

— Tu sais où est Gino ?

— Dans la même lettre, ma mère m'apprend qu'on l'a envoyé en Californie.

— Tu as la lettre sur toi ?

— Je l'ai brûlée. Je les brûle toujours après les avoir lues.

C'était exact. Il n'avait pas besoin de mentir. Il s'arrangeait autant que possible pour ne pas avoir besoin de mentir, surtout à Kubik. Quant à Phil, long et souple, il allait et venait autour d'eux avec un sourire satisfait qu'Eddie n'aimait pas, comme s'il attendait la suite avec impatience.

— Nous ne savons pas non plus où est Tony, et cela est grave, prononça Kubik en contemplant son cigare. J'avais espéré qu'il t'avait écrit. On n'ignore pas que vous êtes très unis tous les trois.

— Voilà deux ans que je n'ai pas vu Tony.

— Il aurait pu t'écrire. C'est regrettable qu'il ne l'ait pas fait.

Phil était content, cela se sentait. Ce n'était pas un Italien. Il était très brun et devait avoir du sang espagnol dans les veines. On prétendait qu'il avait été au collège. Eddie le soupçonnait de vouer un certain mépris, peut-être une certaine haine, à tous ceux qui avaient débuté dans les rues populeuses de Brooklyn.

— La dernière fois que ton frère Tony a travaillé pour nous, c'était il y a six mois.

Eddie ne broncha pas. Il ne devait pas avoir l'air de savoir.

— Depuis, personne ne l'a revu. Il ne t'a même pas écrit pour Noël ou pour le Nouvel An ?

— Non.

C'était toujours vrai. Eddie souriait malgré lui, parce que c'étaient les questions qu'il aurait posées, lui aussi. Il n'avait jamais imité sciemment les manières de Kubik, encore moins celles de Phil, mais, instinctivement, là où il était le patron, dans son fief, il se comportait sensiblement comme eux.

Il ne touchait pas à son verre dans lequel la glace fondait. Les deux autres ne buvaient pas non plus. Le téléphone sonna. Phil répondit :

— Allô !... Oui... Pas avant une demi-heure... Il est en conférence.

Le récepteur accroché, il annonça à mi-voix à Sid :

— C'est Bob.

— Qu'il attende.

Il s'enfonçait dans son fauteuil, toujours occupé par son cigare dont la cendre était d'un blanc argenté.

— La fille que ton frère a épousée s'appelle Nora Malaks. Elle travaillait dans un bureau de la 48e Rue, à New York. Elle a vingt-deux ans, et on prétend qu'elle est belle. Tony l'a rencontrée à Atlantic City pendant les dernières vacances.

Il prit un temps, cependant que Phil allait regarder dehors par les minces fentes des stores.

— Il y a trois mois, une licence de mariage a été délivrée au nom de Tony et à celui de la fille par la mairie de

New York. On ignore où ils se sont mariés. Ils ont pu le faire n'importe où, dans un faubourg ou à la campagne.

Kubik avait toujours conservé un léger accent, et sa voix était rocailleuse.

— J'ai connu des Malaks, jadis, mais il ne s'agit pas de ceux-là. Le père est fermier dans un petit village de Pennsylvanie. Outre Nora, il a au moins un fils.

Eddie eut la désagréable impression que, jusqu'ici, les choses avaient été trop faciles. Le calme souriant de Phil ne présageait rien de bon. Phil n'aurait pas souri de la sorte si l'entretien avait dû continuer sur ce ton.

— Écoute-moi bien, petit. Le frère s'appelle Pieter, Pieter Malaks. C'est un garçon de vingt-six ans qui travaille depuis cinq ans dans les bureaux de la General Electric, à New York.

D'instinct, il prononçait ces mots avec considération. La General Electric était une grosse affaire, plus grosse encore que l'organisation.

— Malgré son âge, le jeune Malaks est déjà sous-chef de service. Il n'est pas marié, vit dans un modeste appartement du Bronx et passe ses soirées à travailler.

Eddie fut persuadé que ces derniers mots étaient prononcés à dessein, que Sid le regardait avec insistance.

— C'est un ambitieux, tu comprends ? Il compte gravir d'autres échelons et sans doute se voit-il faisant un jour partie de l'état-major de la compagnie.

Voulait-on lui laisser entendre que Pieter Malaks était un type dans son genre ? Ce n'était pas exact, Phil n'avait pas besoin de prendre un air entendu. Il n'avait jamais visé si haut. Son secteur de Floride lui suffisait, et il n'avait rien fait pour se rapprocher des gros bonnets. Sid Kubik ne le savait-il pas ?

— Passe-lui la photo, Phil.

Celui-ci alla la chercher dans un tiroir, la tendit à Eddie. C'était un instantané pris dans la rue, probablement à l'aide d'un Leica, et qu'on avait agrandi. L'épreuve était récente, car le jeune homme portait un complet de coton et un chapeau de paille.

Il était très grand, plutôt maigre, donnait l'impression d'un blond au teint clair. Il marchait à longs pas décidés, en regardant droit devant lui.

— Tu ne reconnais pas le bâtiment ?

On n'en voyait qu'un pan de mur, les marches d'un perron.

— Le quartier général de la police ? questionna-t-il.

— C'est cela. Je vois que tu n'as pas oublié ton New York. La photo a été prise lors de la seconde visite que ce monsieur a faite au grand chef, il y a exactement un mois. Il n'y est pas retourné depuis, mais un lieutenant s'est rendu plusieurs fois à son domicile. Conférences secrètes.

Kubik, qui avait prononcé ces deux derniers mots avec une certaine emphase, éclata d'un gros rire.

— Seulement, nous avons, nous aussi, nos informateurs dans la maison. Ce que le jeune Malaks est allé leur raconter, en prenant probablement des airs de grand honnête homme, c'est que sa pauvre sœurette est tombée entre les mains d'un gangster et que, malgré tout ce qu'il a pu lui dire, elle l'a épousé. Tu commences à comprendre ?

Eddie, gêné, fit signe que oui.

— Ce n'est pas tout. Tu te souviens de l'affaire Carmine ?

— J'ai lu les comptes rendus dans les journaux.

— Tu n'en sais pas plus ?

— Non.

Cette fois, il était bien obligé de mentir.

— Il y a eu une autre affaire, presque tout de suite après : un type qui avait trop parlé et qu'il a fallu empêcher de répéter son histoire devant le Grand Jury.

Les deux hommes l'observaient. Il ne bronchait pas.

— Dans cette seconde affaire, Tony tenait le volant.

Il s'efforçait presque douloureusement de ne manifester aucun sentiment, aucune surprise.

— Dans la première, l'affaire Carmine, ton autre frère, Gino, jouait son rôle habituel.

Kubik fit tomber la cendre de son cigare sur le tapis. Phil, campé derrière son fauteuil, regardait Eddie en face.

— Tout cela, le jeune Malaks l'a raconté à la police. Tony serait tellement amoureux qu'il n'a rien voulu cacher de son passé à sa femme.

— Elle l'a répété à son frère ?

— Ce n'est pas tout.

Le reste était beaucoup plus grave, infiniment plus grave que tout ce qu'Eddie avait prévu, et il se sentait oppressé, évitait de regarder Phil qui conservait son sourire vicieux.

— D'après Pieter Malaks, citoyen vertueux qui veut aider la justice à purger les Etats-Unis des gangsters et à qui cela ferait une assez jolie publicité, ton frère Tony renierait son passé et serait bourrelé de remords. Tu connais mieux Tony que moi.

— Cela ne lui ressemble pas.

Il avait envie de protester plus vigoureusement, de rappeler le passé des Rico, mais il était si ému qu'il se trouvait sans voix, sans force et qu'il aurait été capable de pleurer.

— Malaks s'est peut-être vanté. C'est possible. Toujours est-il qu'il a affirmé à la police que, si Tony était interrogé d'une certaine façon, si on lui donnait des chances de s'en tirer, si on n'insistait pas trop brutalement, il était sûr, lui, Malaks, que son beau-frère mangerait le morceau.

— Ce n'est pas vrai !

Il avait failli bondir de son fauteuil. Le regard de Phil l'avait retenu. Et aussi le fait qu'il n'y avait pas en lui assez de conviction.

— Je ne prétends pas que ce soit vrai. C'est tout au moins vraisemblable. Nous ne pouvons savoir, ni l'un ni l'autre, comment Tony réagirait, une fois arrêté, si une proposition décente lui était présentée. Il y en a eu d'autres avant lui. En général, nous ne leur avons pas laissé la chance de succomber à la tentation. Cela aurait pu arriver à Carmine, par exemple, et ton frère Gino y a mis bon ordre. Gino n'était pas seul ce soir-là. Quelqu'un d'important l'accompagnait dans la voiture.

Vince Vettori, Eddie ne l'ignorait pas, mais il n'était pas censé le savoir. Si Vettori n'était pas tout au sommet de la pyramide, il comptait presque autant que Kubik.

Or, ceux-là, on ne les laisse jamais prendre. C'est trop dangereux. Cela risquerait de mettre toute la chaîne à découvert.

— Tu connais Vince ?

— Je l'ai rencontré une fois.

— Il en était aussi quand on a supprimé le témoin.

Un silence plus impressionnant que les précédents,

pendant lequel Phil alluma une cigarette et caressa son briquet.

— Tu admets qu'il ne faut à aucun prix que Tony parle, n'est-ce pas ?

— Il ne parlera pas.

— Pour en être sûr, il s'agirait d'abord de le retrouver.

— Cela ne doit pas être impossible.

— Peut-être pour toi. J'ai dans l'idée que le vieux Malaks, dans sa ferme, en sait long. Les amoureux sont allés le voir. Si nous le questionnons, il se méfiera. Toi, tu es le frère de Tony.

Le front d'Eddie s'était couvert de petites gouttes de sueur. Machinalement, il tripotait son grain de beauté qu'il finit par faire saigner.

— Voilà, mon petit. Ton père m'a sauvé la vie sans le vouloir. Ta mère aussi, mais, elle, elle le savait. Il y a plus de trente ans, maintenant, qu'elle nous rend des services. Gino est régulier. Tu as toujours bien travaillé, et, jusqu'ici, personne n'a eu à se plaindre de Tony. Il s'agit qu'il ne parle pas. C'est tout. En passant par Miami, je t'ai fait venir, parce que je pense que c'est encore toi qui as le plus de chances de nous en tirer. Ai-je eu tort ?

Eddie leva les yeux, dit presque malgré lui :

— Non.

— Je suis sûr que tu le retrouveras. On a dû mettre le FBI aux trousses de Tony, et les Etats-Unis ne sont pas assez grands pour lui. Je n'aimerais même pas le voir au Canada ou au Mexique. Mais si, par exemple, je le savais en Europe, je crois que je serais plus tranquille. Il existe encore des Rico en Sicile ?

— Notre père avait huit frères et sœurs.

— Ce serait une occasion, pour Tony, d'aller faire

connaissance de la famille et, s'il y tient, de lui présenter sa femme.

— Oui.

— Il s'agit de le décider, de trouver les bons arguments.

— Oui.

— Il faut faire vite.

— Oui.

— A ta place, je commencerais par le vieux Malaks.

Il dit oui encore une fois, tandis que Sid Kubik se levait en soupirant et allait écraser son cigare dans un cendrier et que Phil se dirigeait vers la porte.

— A part cela, tout va bien à Santa Clara ?

— Très bien.

— C'est un bon coin ?

— Oui.

— Ce serait dommage d'abandonner ça.

Si seulement Phil n'avait pas continué à sourire.

— Je ferai tout ce que je pourrai.

— Ce ne sera pas de trop.

La tête lui tournait, et pourtant il n'avait pas touché à son whisky.

— Si j'étais toi, je me rendrais directement en Pennsylvanie, sans repasser par Santa Clara.

— Oui.

— A propos, comment se comporte Joe ?

— Il travaille au comptoir.

— On le surveille ?

— J'ai laissé des instructions à Angelo.

Debout, Kubik tendit sa grosse patte dans laquelle il serra si fortement la main d'Eddie que celui-ci la retira toute blanche.

— Il ne faut en aucun cas que Tony ait une opportunité de parler, c'est bien convenu ?

— Oui.

Il oublia de dire au revoir à Phil. Deux femmes en short attendaient l'ascenseur, mais il n'en vit que des taches claires. Dans la fraîcheur du hall, il fut pris d'un vertige et alla s'asseoir près d'une colonne.

4

Le garagiste qui lui avait loué l'auto, à Harrisburg, lui avait indiqué la route sur la carte maintenue au mur de son bureau par des punaises. Le tonnerre grondait déjà, mais il ne pleuvait pas encore. Prendre le *Turnpike* jusqu'à Carlisle et tourner à droite sur la 274, à gauche ensuite, sur la 850, après un petit patelin nommé Drumgold, en ayant soin de ne pas continuer jusqu'à Alinda. Il verrait quelque part une grosse construction en brique avec une haute cheminée, une ancienne sucrerie. Le chemin était à côté.

Tout cela s'était enregistré automatiquement dans sa mémoire, comme à l'école, avec le nombre de milles d'un point à un autre. La pluie avait commencé alors qu'il roulait encore entre les lignes blanches de l'autostrade. Il n'y avait pas eu de progression. En deux secondes, cela avait été une avalanche d'eau contre laquelle les essuie-glaces étaient à peu près impuissants, et la couche liquide, sur le pare-brise, était si épaisse que le paysage s'en trouvait déformé.

Il avait mal dormi. Quand la veille au soir, en descendant de l'avion, à Washington, il avait appris qu'il y avait un avion pour Harrisburg une heure plus tard, il avait décidé de le prendre, négligeant de réserver une chambre par téléphone. Déjà il avait été nerveux pendant le voyage. A l'escale de Jacksonville, on avait vu, au bout du terrain, un avion pareil au leur qui s'était écrasé en flammes une heure plus tôt et qui fumait encore.

Il n'y avait aucune chambre de libre dans les deux ou trois bons hôtels de Harrisburg, à cause d'une célébration quelconque, une foire probablement, car des banderoles étaient tendues en travers des rues, un arc de triomphe se dressait quelque part et des musiques continuaient à circuler passé minuit.

Son taxi l'avait enfin conduit dans un hôtel douteux où l'émail de la baignoire était maculé de coulées jaunes et où, à côté du lit, on trouvait, avec une bible Gédéon, un appareil de radio qui fonctionnait quand on glissait une pièce de vingt-cinq cents dans une fente.

Toute la nuit, un couple ivre, qui avait obtenu du chasseur une bouteille de whisky, fit du tapage, et c'est en vain qu'Eddie tapa plusieurs fois contre la cloison.

Il avait connu pis dans sa jeunesse, évidemment. Quand il était petit, il n'y avait pas de salle de bains du tout dans la maison : on se lavait dans la cuisine une fois par semaine, le samedi. C'est peut-être pour posséder un jour une vraie salle de bains qu'il avait tant peiné. Avoir une salle de bains et changer de linge chaque jour !

Il avait raté Carlisle. Des panneaux se dressaient tout le long de l'autostrade, mais les voitures roulaient vite, les pneus, sur la route détrempée, faisaient un bruit étourdissant, il fallait suivre le train, et on n'avait pas le temps, à travers tant d'eau, de lire ce qui était écrit.

Quand il put sortir du *Turnpike*, il avait dépassé la 274 et il dut faire un long détour dans les campagnes, puis dans des faubourgs revêches, avant de la retrouver. Comme par une ironie du sort, deux milles plus loin, la route était barrée : un nouvel écriteau, avec une flèche longue de plusieurs mètres, annonçait : *Détour*.

Depuis, il avançait au petit bonheur, penché en avant pour distinguer quelque chose dans l'orage, passant d'un chemin de terre à une route goudronnée qui lui donnait un peu d'espoir, mais redevenait simple chemin après la traversée d'un hameau.

Maintenant, il était dans les montagnes, où les arbres paraissaient noirs, avec parfois une ferme, des champs, quelques vaches immobiles, transies d'effroi, qui le regardaient passer.

Il avait dû se perdre. Nulle part il ne trouvait trace de Drumgold, qu'il aurait dû traverser depuis longtemps, et il n'y avait plus un seul poteau indicateur. Pour demander son chemin, il aurait fallu arrêter sa voiture devant une ferme, en descendre, se laisser tremper pour aller frapper à la porte, et il n'était même pas sûr de trouver quelqu'un ; on aurait dit que l'univers s'était vidé de tous les humains.

Il finit pourtant par découvrir une pompe à essence. Un grand diable roux, un ciré sur le dos, s'approcha de la portière après qu'il eut corné une dizaine de fois.

— White Cloud ?

L'autre se gratta la tête, dut rentrer dans la bicoque voisine de la pompe pour se renseigner. Et ce furent de nouvelles côtes, des bois, un lac aussi lugubre que le ciel. Enfin, dans un creux, alors qu'il roulait depuis des heures et n'avait rien pris depuis sa tasse de café du matin, il vit quelques maisons de bois dont une, peinte en jaune sombre, portait en lettres noires : *Ezechiel Higgins Trade Post*.

C'est ce que l'homme du garage lui avait dit de chercher. Il était à White Cloud, où le vieux Malaks habitait.

Il y avait une véranda tout le long du bâtiment. La partie de gauche était une boutique du temps des pionniers, où l'on vendait de tout : des sacs de farine, des pelles, des bêches, des harnais, des conserves, aussi bien que des bonbons et des salopettes. La porte du milieu était surmontée du mot : *Hotel*, celle de droite du mot : *Tavern*.

L'eau coulait du toit de la véranda. A l'abri de celle-ci, un homme fumait un cigare très noir, se balançait sur un rocking-chair et paraissait s'amuser à la vue d'Eddie s'élançant sous la pluie.

D'abord Eddie n'y fit pas attention. Il se demanda à laquelle des portes il devait s'arrêter, finit par pousser celle de la taverne, où deux vieux étaient assis devant leur verre sans mot dire, comme momifiés. Ils étaient vraiment très vieux, de ces vieillards qu'on ne rencontre plus que dans les campagnes reculées. L'un d'eux, pourtant, après un long silence, ouvrit la bouche et prononça :

— Martha !

Sur quoi une femme sortit de sa cuisine en s'essuyant les mains à son tablier.

— Qu'est-ce que c'est ?

— Je suis bien à White Cloud ?

— Où est-ce que vous seriez ?

— C'est ici qu'habite Hans Malaks ?

— Ici et pas ici. Sa ferme est à quatre milles de l'autre côté de la montagne.

— Il est possible d'avoir à manger ?

L'homme de la véranda se tenait debout dans l'encadrement de la porte et le regardait ironiquement, comme si, pour lui, la scène avait été fort plaisante, et c'est alors qu'Eddie fronça les sourcils.

Il ne le connaissait pas. Il était certain de ne l'avoir jamais rencontré. Il n'en était pas moins sûr qu'il avait passé son enfance à Brooklyn et qu'il n'était pas ici par hasard.

— Je peux vous faire une omelette.

Il dit oui. La femme disparut, revint pour lui demander s'il ne voulait rien boire.

— Un verre d'eau.

Il aurait pu être au bout du monde. Les chromos, au mur, dataient de vingt ou trente ans, et certains étaient les mêmes qui ornaient, jadis, la boutique de son père. L'odeur aussi était à peu près la même, avec celle de la campagne et de la pluie en plus.

Les deux vieux, figés comme pour l'éternité, ne le quittaient pas de leurs yeux bordés de rouge, et l'un d'eux portait une barbiche de bouc.

Eddie alla s'asseoir près de la fenêtre, moins à son aise encore qu'à Miami, avec la déplaisante sensation d'être un étranger.

Au lieu de venir ici, il avait failli, la veille, se rendre directement à Brooklyn pour voir sa mère. Il n'aurait pas pu dire au juste pourquoi il ne l'avait pas fait. Peut-être parce qu'il se sentait surveillé ? Dans l'avion de Miami à Washington déjà, il avait examiné l'un après l'autre tous les passagers en se demandant si l'un d'eux n'était pas là pour le suivre.

Ici, cet homme qui l'avait regardé descendre de l'auto en souriant de satisfaction appartenait certainement à l'organisation. Peut-être était-il là depuis plusieurs jours ? Peut-être était-il allé voir le vieux Malaks pour essayer de lui tirer les vers du nez ?

En tout cas, il l'attendait. On avait dû lui téléphoner de Miami. Il tournait autour de Rico, comme s'il hésitait à lui adresser la parole.

— Beau temps, hein ?

Eddie ne répondit pas.

— C'est tout un problème de trouver la ferme du vieux.

Est-ce qu'il se moquait de lui ? Il était sans veston, sans cravate, car, malgré l'orage, il faisait encore chaud, d'une chaleur humide qui collait à la peau.

— C'est un type !

Il parlait sans doute de Malaks. Eddie haussa légèrement les épaules. Et, après avoir encore lancé deux ou trois phrases en l'air, l'autre lui tourna le dos en grommelant :

— Comme vous voudrez !

Eddie mangea sans appétit. La femme le suivit sur la véranda pour lui indiquer le chemin. Il y avait une cascade au bas de la côte, et la voiture dut traverser un ruisseau qui avait envahi la route. Cette fois, il ne se perdit pas, faillit seulement s'embourber dans un chemin où les tracteurs avaient laissé de profondes ornières.

Il découvrit, dans un nouveau vallon, au milieu des prés et des champs de maïs, une grange peinte en rouge, une maison sans étage, des oies qui se fâchèrent à son approche.

Lorsqu'il descendit de voiture, quelqu'un l'observait à travers une fenêtre, et, quand il se rapprocha, le visage disparut, la porte s'ouvrit, un homme aussi large et puissant qu'un ours l'accueillit.

Cette fois-ci, Eddie n'avait rien préparé. Ce n'était pas possible. Il n'était pas sur son terrain. L'homme, qui fumait une pipe de maïs, le regardait secouer la pluie de son chapeau et de ses épaules.

— Ça mouille ! remarqua-t-il avec une jubilation de paysan.

— Ça mouille, oui.

Au milieu de la pièce, il y avait un poêle d'un ancien modèle dont le tuyau allait se perdre dans un des murs. Le plafond était bas, non blanchi, soutenu par de grosses poutres. Au mur, trois fusils, dont un à deux canons. Une bonne odeur de vache.

— Je suis le frère de Tony, annonça-t-il tout de suite.

L'autre parut approuver. Qu'il soit le frère de Tony, c'était fort bien.

« Et après ? » semblait-il dire en désignant une chaise à bascule.

Après quoi, il alla prendre, sur une étagère, une bouteille d'eau-de-vie blanche qu'il devait distiller lui-même et deux verres épais, sans pied. Il les remplit d'un geste sacerdotal, en poussa un vers son hôte, sans rien dire, et Eddie comprit qu'il valait mieux trinquer.

A côté de ce vieillard-là, Sid Kubik, qui donnait pourtant une impression de solidité et de puissance, aurait tout au plus fait figure d'homme moyen.

Malaks avait le cuir tanné, creusé de fines rides, et les muscles gonflaient sa chemise à carreaux rouges, ses mains étaient énormes, dures comme des outils.

— Il y a longtemps (la voix d'Eddie manquait de fermeté) que je n'ai reçu des nouvelles de Tony.

Le vieux avait les yeux d'un bleu très clair, et l'expression de son visage était débonnaire. Il semblait sourire au monde du Bon Dieu dans lequel il avait sa petite place et où rien de ce qui pouvait advenir n'était capable de l'étonner.

— C'est un bon petit gars, dit-il.

— Oui. A ce qu'on m'a dit, il aime beaucoup votre fille.

A quoi Malaks répondit :

— L'âge veut ça.

— J'ai été content d'apprendre qu'ils étaient mariés.

Le fermier s'était assis en face de lui dans un rocking-chair et se balançait à un rythme régulier, la bouteille à portée de sa main.

— Ce sont des choses auxquelles il faut s'attendre entre un homme et une femme.

— Je ne sais pas s'il vous a parlé de moi.

— Un peu. Je suppose que vous êtes celui qui vit en Floride ?

Qu'est-ce que Tony lui avait dit ? Avait-il fait à son beau-père les mêmes confidences qu'à sa femme et avait-il parlé de l'activité de sa famille ?

On n'aurait pas pu dire que Malaks était méfiant. Le mot indifférent ne lui seyait pas non plus. Bien sûr que la visite de ce monsieur qui lui venait du Sud ne le bouleversait pas. Qu'est-ce qui pouvait le bouleverser ? Rien, sans doute. Il avait fait sa vie, s'identifiait avec le décor qu'il s'était construit. On se présentait à sa porte, et il offrait un verre de son eau-de-vie. C'était pour lui l'occasion d'en boire, de voir un visage étranger, d'échanger quelques phrases.

Il avait l'air, cependant, de ne pas prendre ça trop au sérieux.

— Ma mère m'a écrit que Tony avait renoncé à sa situation.

C'était une pierre de touche. Il épiait la réaction. Si Malaks savait, n'aurait-il pas un sourire ironique à ce mot situation ?

Il souriait, certes, mais sans ironie. C'était un sourire qui n'affectait ni les muscles du visage, ni les lèvres, qui n'était que dans les yeux.

— Comme je passais dans la région, je suis venu vous voir.

Avec l'air de l'en remercier, Malaks lui versait un second verre de son alcool qui brûlait la gorge.

C'était tellement plus difficile qu'avec un sheriff, ou avec n'importe quel tenancier de *night club*. Surtout qu'il ne se sentait pas en possession de ses moyens. Il avait un peu honte de lui, s'efforçait de ne pas le laisser voir. Il se sentait pâle et mou, inconsistant devant cette masse de chair drue qui se balançait en face de lui.

On ne l'aidait pas. Ce n'était pas nécessairement voulu. Les hommes qui mènent la vie de Malaks ne parlent pas volontiers.

— Je me suis dit que, si ça pouvait l'aider, il ne me serait pas difficile de lui trouver du travail.

— Il m'a l'air capable de s'en tirer tout seul.

— C'est un bon mécanicien. Tout jeune, il se passionnait pour la mécanique.

— Il ne lui a pas fallu plus de trois jours pour faire marcher le vieux camion que j'avais abandonné comme ferraille près de la mare.

Eddie s'efforça de sourire.

— C'est bien Tony ! Cela a dû vous rendre service.

— Je le lui ai donné. C'était le moins. D'autant plus que j'en ai acheté un neuf l'an dernier.

— Ils sont partis avec le camion ?

Le vieux fit oui de la tête.

— Cela les aidera. Avec un camion, un homme comme mon frère peut entreprendre un petit commerce.

— C'est ce qu'il a dit.

Il était encore trop tôt pour poser la question.

— Votre fille... Nora, je crois ?... n'est pas effrayée ?

— De quoi ?

— De quitter sa place, New York, sa vie assurée, pour s'en aller comme ça sans savoir où.

Juste une pointe : « sans savoir où ». Cela pouvait donner une réaction, mais cela ne donna rien.

— Nora a l'âge. Quand elle est partie d'ici, voilà trois ans, elle ne savait pas non plus ce qu'elle trouverait. Et, lorsque j'ai quitté mon village, à seize ans, je ne savais pas.

— Elle ne craint pas les coups durs ?

Ce que sa voix pouvait sonner faux, même à son oreille ! Il lui semblait qu'il jouait un rôle odieux, et pourtant il lui était impossible de faire autrement dans l'intérêt de Tony.

— Quels coups durs ? Chez moi, nous étions dix-huit enfants, et le jour où j'ai quitté la maison je n'avais jamais vu de pain blanc, j'ignorais que cela existait, j'avais toujours été nourri de pain de seigle, de betteraves et de pommes de terre, avec parfois un peu de lard. Ils trouveront toujours des pommes de terre et du lard.

— Tony est courageux.

— C'est un bon petit gars.

— Je me demande s'il avait son idée quand il a remis le camion en état.

— Probablement que oui.

— Dans certains endroits, on manque de moyens de transport.

— Sûr !

— Surtout à cette saison, à cause des récoltes.

Le vieux approuvait de la tête, réchauffait son verre dans sa grosse patte brune.

— En Floride, il trouverait tout de suite des clients. C'est le moment des glaïeuls.

Cela ne prit pas. Il fallait y aller d'une façon plus directe.

— Ils vous ont envoyé de leurs nouvelles ?

— Pas depuis qu'ils sont partis.

— Votre fille ne vous a pas écrit ?

— Quand j'ai quitté les miens, je suis resté trois ans sans leur écrire. D'abord, il aurait fallu payer les timbres. Ensuite, je n'avais rien à leur dire. Je leur ai écrit deux fois en tout.

— Votre fils ne vous écrit pas non plus ?

— Lequel ?

Eddie ne savait pas qu'il en avait plusieurs. Deux ? Trois ?

— Celui qui travaille à la General Electric. Tony en a parlé à ma mère. Il paraît qu'il a de l'avenir.

— C'est possible.

— On dirait que vos enfants n'aiment pas la campagne.

— Pas ces deux-là.

Eddie dut se lever, à bout de patience. Il alla devant la fenêtre regarder la pluie qui tombait toujours et qui faisait des ronds dans les flaques d'eau.

— Je crois que je vais devoir partir.

— Vous allez ce soir à New York ?

Il dit oui, sans savoir.

— J'aurais bien voulu écrire à Tony. J'ai des tas de nouvelles pour lui.

— Il n'a pas laissé son adresse, c'est qu'il ne s'en inquiète pas.

Il n'y avait toujours pas de trace de sarcasme chez le vieux. C'était sa façon toute simple de penser, de parler. Tout au moins Eddie l'espérait-il.

— Supposez qu'il arrive quelque chose à ma mère...

Il avait plus honte que jamais de jouer un rôle sordide.

— Elle est âgée. Ces derniers temps, elle ne se sentait pas bien.

— Il ne peut rien lui arriver de plus grave que de mourir. Et Tony ne la ferait pas revivre, est-ce vrai ?

C'était vrai, bien sûr. Tout était vrai. Il n'y avait que lui à zigzaguer piteusement dans l'espoir de faire dire au vieux ce qu'il ne savait pas ou ce qu'il ne voulait pas dire.

Il tressaillit en voyant un homme, dehors, un sac sur la tête en guise de parapluie, regarder le numéro d'immatriculation de la voiture, puis se pencher par la portière pour lire le permis de circuler enroulé autour de la barre de direction. L'homme portait des bottes en caoutchouc rougeâtre. Il était jeune, ressemblait à Malaks, en plus laid, avec des traits irréguliers.

Il frappa ses bottes contre le mur, poussa la porte, regarda Eddie, son père, enfin la bouteille et les verres.

— Qui est-ce ? demanda-t-il sans saluer.

Et le vieux :

— Un frère de Tony.

Alors le jeune homme à Eddie :

— Vous avez loué la bagnole à Harrisburg ?

Ce n'était pas une question, mais presque une accusation. Il ne dit rien de plus, ne s'occupa plus du visiteur et alla se servir un verre d'eau à la pompe de la cuisine.

— J'espère qu'ils seront heureux, prononça Eddie pour prendre congé.

— Ils le seront sûrement.

C'était tout. Le fils était rentré dans la pièce, son verre d'eau à la main, et suivait du regard Eddie qui se dirigeait à regret vers la porte. Le vieux Malaks, qui s'était levé, le regardait partir, lui aussi, sans le reconduire.

— Merci pour le petit verre.

— Il n'y a pas de quoi.

— Merci quand même. Je pourrais peut-être vous laisser mon adresse pour le cas…

C'était une ultime tentative.

— A quoi bon, puisque je n'écris jamais ? Je me demande même si je me souviens de mon alphabet.

Rico franchit, le dos courbé, l'espace qui le séparait de l'auto, et, comme il n'avait pas relevé la glace, le siège était mouillé. Il mit en marche, soudain rageur, d'autant plus qu'il croyait entendre un gros éclat de rire dans la maison.

Chez Higgins, le type qui se balançait toujours sur sa chaise le regarda venir avec des yeux moqueurs. Si bien que, dépité, il ne descendit pas de la voiture, poussa l'accélérateur et s'élança sur le chemin du retour.

Il ne se perdit plus. L'orage avait cessé, il n'y avait plus ni tonnerre, ni éclairs, mais le ciel continuait à fondre en gouttes de plus en plus fines et plus serrées. Il allait pleuvoir pendant deux jours au moins.

L'homme du garage, à Harrisburg, grogna parce que la voiture était crottée jusqu'au toit. Eddie repassa par l'hôtel pour prendre sa valise et se fit conduire en taxi au champ d'aviation sans savoir à quelle heure il y avait un avion.

Il eut une heure et demie à attendre. Le terrain était détrempé, avec les pistes de ciment luisant qui se croisaient. La salle d'attente sentait le mouillé et les urinoirs. Il y avait, au fond, deux cabines téléphoniques, et il alla au comptoir se munir de monnaie.

La veille, il n'avait pas téléphoné chez lui.

Maintenant encore, il le faisait à contrecœur, parce qu'il l'avait promis à Alice. Alors qu'il avait déjà demandé la communication il ne savait pas encore ce qu'il dirait, il n'avait pris aucune décision. L'envie lui venait de rentrer chez lui le plus vite possible et de ne plus s'occuper de rien, malgré Phil et toutes les organisations de la terre.

On n'avait pas le droit de troubler sa vie de la sorte. C'était lui qui l'avait faite, à la force des poignets, comme le vieux Malaks avait bâti sa ferme.

Il n'était pas responsable des faits et gestes de son frère. Ce n'était pas lui qui pilotait l'auto d'où étaient partis les coups de feu qui avaient tué le marchand de cigares de Fulton Avenue.

Tout cela, vu d'ici, paraissait irréel. Est-ce que le client du *Trade Post* était vraiment là pour le surveiller ? Pourquoi, dans ce cas, ne l'avait-il pas suivi ? Par la vitre de la cabine, Eddie découvrait toute la salle d'attente, où il n'y avait que deux femmes d'un certain âge et un marin, avec son sac à côté de lui, sur la banquette.

Tout était sale, gris, décourageant, alors qu'à Santa Clara la maison était d'un blanc immaculé dans le soleil.

Si ce n'était pas pour lui, qu'est-ce que le type faisait à White Cloud ?

Alors que les voix des téléphonistes s'appelaient le long de la ligne, il trouva une explication toute simple. Sid Kubik n'était pas un enfant. Il était capable d'en remontrer à n'importe quel policier. Dans un coin de chez Higgins, derrière la porte de la boutique, il y avait un guichet au-dessus duquel on lisait : *Post Office*.

C'était là que tout le courrier du village arrivait. S'il en venait pour Malaks, le type pouvait facilement le voir au moment où on vidait les sacs.

— C'est toi ?

— Où es-tu ?

— En Pennsylvanie.

— Tu reviens bientôt ?

— Je ne sais pas. Comment vont les enfants ?

— Très bien.

— Rien de nouveau ?

— Non. Le shérif a téléphoné, mais il m'a dit que ce n'était pas important. Tu restes là-bas ?

— Je suis au champ d'aviation. J'arriverai ce soir à New York.

— Tu verras ta mère ?

— Je ne sais pas. Sans doute. Oui.

Il la verrait. Cela valait mieux. Peut-être savait-elle quelque chose qu'elle n'avait pas dit à Kubik.

Le reste de la journée fut aussi morne. L'avion était un vieil appareil, et on traversa deux orages. Quand on arriva au-dessus de La Guardia, la nuit était tombée, des silhouettes noires allaient et venaient devant la gare, des gens s'embrassaient, d'autres coltinaient des paquets trop lourds.

Il finit par obtenir un taxi et donna l'adresse de Brooklyn. Il avait froid, soudain, dans son complet trop léger qui s'était imprégné d'humidité. Il éternua plusieurs fois et eut peur d'avoir attrapé un rhume. Quand il était petit, il était souvent enrhumé. Tony aussi, au fait, qui faisait chaque hiver une bronchite.

C'était une image qui lui revenait tout à coup à l'esprit : Tony dans son lit, avec des journaux illustrés éparpillés sur la couverture, des feuilles de papier qu'il couvrait de dessins. Les trois frères couchaient dans la même chambre. Il y avait à peine la place pour se remuer entre les lits.

Il allait y avoir une discussion pénible. Sa mère insisterait pour qu'il dorme chez elle. Il y avait maintenant une salle de bains, leur ancienne chambre qu'on avait transformée.

Tout de suite après la boutique s'ouvrait la cuisine, qui servait de salle à manger et de salon et où sa grand-mère passait ses journées dans un fauteuil. Puis, dans un couloir obscur, donnait la chambre où dormaient les deux femmes, depuis que la grand-mère avait peur de mourir pendant la nuit. C'était l'ancienne chambre de la vieille que Julia voulait toujours faire occuper par ses fils quand ils venaient la voir, et il y subsistait une odeur qu'Eddie n'avait jamais pu supporter.

Il frappa à la vitre du taxi, donna l'adresse du *Saint George*, un grand hôtel de Brooklyn qui n'était qu'à trois rues de chez lui. Il signa sa fiche et laissa sa valise. Il avait mangé un morceau avant de quitter l'aéroport de Harrisburg et n'avait pas faim. Il but seulement une tasse de café à un comptoir, prit un autre taxi, car il pleuvait toujours.

La boutique de légumes, à côté de celle que sa mère occupait maintenant, avait été transformée. On y vendait encore des légumes et de l'épicerie, mais la devanture était modernisée, les murs recouverts de carreaux de céramique blanche, et, jour et nuit, même quand les portes étaient fermées, le magasin était brillamment éclairé au néon.

Il était onze heures du soir. Seuls les bars étaient encore ouverts, et le billard d'en face, où les jeunes venaient jouer les terreurs.

Il n'y avait pas de lumière dans la boutique de bonbons et de sodas. Il y régnait cependant un demi-jour, car la porte du fond était entrouverte. Les deux femmes se tenaient dans la cuisine, sous la lampe, et, sans cette porte, elles auraient manqué d'air. Eddie pouvait même apercevoir la jupe et les pieds de sa mère.

Le comptoir, à gauche, n'avait pas changé, avec ses quatre tabourets fixés au sol, ses pompes à soda, les couvercles chromés qui recouvraient les récipients de crème glacée. Sur la seconde moitié étaient rangés les bonbons de toute sorte, les chocolats, les chewing-gums, tandis que, devant le mur du fond, s'alignaient trois *pin-ball machines*.

Il hésitait encore à frapper. Il n'existait pas de sonnette. Chacun des frères avait une façon particulière de frapper à la vitre. Il lui semblait que le quartier, la rue étaient plus tristes que jadis, bien qu'il y eût plus de lumières.

Sa mère bougea, se leva, traversa l'espace qu'il pouvait découvrir, se tourna un moment vers la boutique. Alors, pas sûr qu'elle ne l'ait pas vu, il tambourina sur la porte.

Elle ne laissait jamais la clef dans la serrure. Il savait dans quel coin du buffet elle la prenait. Elle ne l'avait pas reconnu. Il était dans le noir. Elle collait son visage à la glace, sourcils froncés, poussait une exclamation qu'il n'entendait pas, ouvrait :

— Pourquoi ne m'as-tu pas téléphoné ? J'aurais préparé ta chambre.

Elle ne l'embrassait pas. Les Rico ne s'embrassaient jamais. Elle regardait ses mains.

— Où est ta valise ?

Il mentit :

— Je l'ai laissée à La Guardia. Il est possible que je reparte cette nuit.

Il l'avait toujours vue pareille. Pour lui, elle n'avait pas changé depuis qu'elle le portait dans ses bras. Il lui avait toujours connu les jambes un peu enflées, le ventre lourd, les gros seins qui se balançaient dans son corsage. Toujours aussi elle s'était habillée en gris.

— C'est moins salissant ! expliquait-elle.

Il dit bonjour à sa grand-mère, qui l'appela Gino. C'était la première fois que cela arrivait, et il regarda interrogativement sa mère qui lui fit signe de ne pas y prendre garde. Un doigt au front, elle lui indiquait que la vieille femme commençait à perdre la mémoire.

Elle ouvrit le Frigidaire, en sortait du salami, de la salade de pommes de terre, des piments, posait le tout sur la toile cirée qui recouvrait la table.

— Tu as reçu ma lettre ?

— Oui.

— Il ne t'a pas écrit non plus ?

Il fit non de la tête. Il était bien forcé de manger pour lui faire plaisir, de boire le chianti qu'elle lui servait dans un grand verre épais, des verres qu'il n'avait vus nulle part ailleurs que chez lui.

— C'est à cause de ça que tu es ici ?

Il aurait préféré lui parler à cœur ouvert, lui dire toute la vérité, ce qui s'était passé chez Phil et Sid Kubik, son voyage à White Cloud. Cela aurait été plus facile, et il aurait été délivré d'un grand poids.

Il n'osa pas. Il dit non. Comme elle continuait à le regarder interrogativement, il ajouta :

— J'avais quelqu'un à voir.

— Ce sont eux qui t'ont fait venir ?

— D'une certaine façon. Mais pas à cause de ça. Pas spécialement à cause de ça.

— Qu'est-ce qu'ils t'ont dit ? Tu les as déjà vus ?

— Pas encore.

Elle ne le croyait qu'à moitié. Elle ne croyait jamais les gens qu'à moitié, surtout ses fils, surtout Eddie, celui-ci n'avait jamais su pourquoi, car il était, des trois, celui qui lui avait le moins menti.

— Tu penses qu'ils sont après lui ?

— Ils ne lui feront rien.

— Ce n'est pas le bruit qui court ici.

— J'ai vu le père de sa femme.

— Comment as-tu appris son nom ? Je ne le sais même pas. Qui te l'a dit ?

— Quelqu'un qui est venu passer quelques semaines à Santa Clara.

— Joe ?

Elle en savait davantage qu'il n'avait pensé. C'était toujours ainsi avec elle. Les moindres rumeurs lui parvenaient. Elle avait un sens spécial pour deviner la vérité.

— Méfie-toi de lui. Je le connais. Il est venu plusieurs fois ici, manger de la glace, il y a trois ou quatre ans, quand il n'était encore qu'un jeune voyou. Il est faux.

— Je le crois.

— Qu'est-ce qu'il t'a dit ? Comment sait-il ?

— Écoute, maman, ne me pose pas tant de questions. Tu me fais penser à O'Malley.

Entre eux, ils parlaient toujours un mauvais italien mêlé d'argot de Brooklyn. O'Malley était le sergent qui travaillait dans le quartier depuis plus de vingt ans et qui, quand les trois frères étaient adolescents, était leur bête noire.

— Je t'explique simplement que j'ai vu le père. C'est exact que Tony et sa femme sont passés chez lui, il y a deux ou trois mois. Il y avait un vieux camion démantibulé près de la mare. Il paraît que Tony a passé trois jours à le remettre en état et que son beau-père lui en a fait cadeau.

La grand-mère, qui avait l'oreille dure et n'entendait pratiquement plus rien, hochait la tête comme si elle suivait avec intérêt leur conversation. C'était son truc depuis des années, et elle arrivait à tromper des gens qui lui tenaient de longs discours.

Pourquoi Julia souriait-elle tout à coup ?

— C'est un gros camion ?

— Je ne l'ai pas demandé. Probablement. Dans les fermes, ils n'ont que faire d'une camionnette.

— Alors ton frère s'en tirera.

Elle ne lui disait pas tout, il le sentait, savourait sa découverte, épiait Eddie, se demandant sans doute si elle devait lui en faire part.

— Tu te souviens de sa pneumonie ?

Il en avait entendu parler souvent, mais, en réalité, il s'en souvenait mal. Cela se confondait avec les nombreuses bronchites de Tony. A cette époque, d'ailleurs,

Eddie, qui avait quinze ans, ne mettait pas souvent les pieds à la maison.

— Le docteur avait dit qu'il avait besoin de grand air pour se rétablir. Le fils de Josephina…

Il avait compris. Lui aussi avait presque envie de sourire. Il était sûr que sa mère avait raison. Josephina était une voisine qui faisait des ménages et venait de temps en temps donner un coup de main. Elle avait un fils, dont Eddie ne se rappelait pas le nom, qui était parti pour l'Ouest. Il s'y livrait à la culture. Josephina prétendait qu'il réussissait bien, qu'il s'était marié, avait déjà un fils et insistait pour qu'elle le rejoigne.

Le nom de l'endroit ne lui revenait toujours pas. C'était dans le sud de la Californie.

Et le fils, en effet, un beau jour, était venu chercher sa mère. Celle-ci avait insisté pour que Tony, qui se traînait sans se remettre, les accompagne pour quelques mois, car elle avait toujours eu un faible pour le garçon.

— Il aura le soleil, le bon air…

Il avait oublié les détails. Toujours est-il que Tony avait été absent de la maison pendant près d'une année. C'est de cette époque que datait sa passion de la mécanique. Il avait onze ans à peine. Il prétendait que le fils de Josephina lui permettait de conduire sa camionnette dans les champs.

Il avait souvent parlé de cette région-là.

— Ils font jusqu'à trois ou quatre récoltes de primeurs par an. Le problème est de transporter les légumes.

Sa mère disait :

— Je parie qu'il est quelque part aux environs d'El Centro.

C'était le nom de ville qu'il cherchait. Un peu honteux. Il détournait la tête.

— Tu ne manges plus ?

— J'ai dîné avant de venir.

— Tu ne pars pas tout de suite ?

— Pas tout de suite, non.

Il aurait préféré partir. Jamais il ne s'était senti aussi peu chez lui dans cette pièce qui lui était si familière. Jamais il ne s'était senti aussi petit garçon devant sa mère.

— Quand retournes-tu en Floride ?

— Demain.

— Je croyais que tu devais voir des gens.

— Je les verrai demain matin.

— Tu n'as pas rencontré Sid Kubik à Miami ?

Par crainte de se contredire, il préféra répondre que non. Il ne savait plus très bien où il en était. Il n'était pas sur son terrain.

— C'est drôle que Gino soit justement en Californie aussi.

— C'est curieux, oui.

— Tu as l'air mal portant.

— J'ai dû attraper un rhume pendant l'orage.

Le chianti était tiède, épais.

— Je crois qu'il est temps que je m'en aille.

Elle resta sur le seuil à le regarder s'éloigner, et il n'aima pas le dernier coup d'œil qu'elle lui lançait.

5

Combien de fois était-ce arrivé qu'il sorte de la même maison, à la même heure tardive, avec sa mère, sur le seuil, qui se penchait pour le regarder partir ? Jusqu'à certains détails incongrus qui étaient identiques, comme le fait que la pluie avait cessé. Elle lui disait jadis :

— Attends au moins qu'il ne pleuve plus.

Il avait tant vu la pluie sécher sur les trottoirs, et ces flaques d'eau qui, il l'aurait juré, étaient toujours à la même place ! Certaines boutiques n'avaient pas changé. Il y avait un coin de rue, le second, où, autrefois, sans raison sérieuse, il s'attendait toujours à une embuscade. Il ressentit jusqu'au pincement dans la poitrine qu'il éprouvait au moment de pénétrer dans la zone obscure.

Il retrouvait tout cela sans joie. C'était son quartier. Il avait poussé entre ces maisons-là, qui devaient le reconnaître. Or on aurait dit qu'il avait honte. Pas d'elles. Plutôt de lui. C'était difficile à expliquer. Son frère Gino, par exemple, était encore d'ici. Même Sid Kubik, qui était devenu quelqu'un d'important, pouvait y revenir sans arrière-pensée.

Ce n'était pas seulement ce soir qu'Eddie s'assombrissait en revoyant le décor de son enfance. D'autres fois, en y revenant, dans le train ou dans l'avion, il s'était réjoui sincèrement, s'imaginant que le contact allait s'établir. Puis, arrivé dans sa rue, dans la maison de sa mère, il ne se produisait rien. Il n'y avait pas d'émotion. Non seulement chez lui, mais chez les autres.

On le recevait du mieux qu'on pouvait. On mettait à manger sur la table. On lui versait du vin. Mais on le regardait d'une autre façon qu'on aurait regardé Gino ou Tony.

Il aurait aimé rencontrer des amis. Mais il n'avait jamais eu de vrais amis. Ce n'était pas sa faute. Ils étaient tous différents de lui.

Pourtant il était scrupuleux. Il avait suivi la règle. Pas par peur, comme la plupart d'entre eux, mais parce qu'il comprenait que c'était indispensable.

Ironiquement, c'était lui que sa mère observait avec toujours comme une arrière-pensée, un soupçon. Ce soir encore. Ce soir surtout.

Flushing Avenue n'était pas loin, avec ses lumières. Avant qu'il y parvînt, un sergent de ville se retourna sur lui. C'était un homme d'un certain âge. Eddie, qui ne le reconnut pas, fut certain que le policier le connaissait.

Il atteignit l'artère brillamment éclairée, avec ses bars, ses restaurants, ses cinémas, ses boutiques encore ouvertes et des couples qui traînaient sur les trottoirs, des bandes de soldats et de marins avec des filles, qui allaient se faire photographier par des appareils automatiques, manger des *hot dogs* ou tirer sur des cibles.

Il s'était promis de rentrer tout de suite au *Saint George* et de se coucher. Il ne pouvait pas partir cette nuit. Il avait besoin de repos. En outre, il ne lui restait que quelque deux cents dollars en poche et il lui fallait encaisser un chèque à la banque. Il avait gardé un compte dans une banque de Brooklyn. Il en avait d'autres ailleurs, quatre ou cinq, c'était une nécessité pour ses opérations.

Alice et les enfants dormaient, et il eut la soudaine impression qu'ils étaient très loin, qu'il courait le danger de ne jamais les revoir, de ne pas retrouver sa maison, la vie qu'il avait si patiemment, si minutieusement organisée. Cela lui donnait un sentiment de panique. Il eut une folle envie de retourner là-bas immédiatement, sans plus s'occuper de Tony, de Sid Kubik, de Phil et de tous les autres. Il se révoltait. On n'avait pas le droit de l'arracher ainsi à sa vie.

L'avenue était tellement la même que c'en était hallucinant. Les odeurs surtout, chaque fois qu'on approchait d'un *hot dog stand* ou d'un restaurant. Et les bruits, les musiques qui sortaient des halls d'amusement.

Il avait eu, ici, l'âge de ces soldats qui riaient en bousculant les passants, et de ces jeunes gens qui, la cigarette au bec, les mains enfoncées dans les poches, glissaient devant les vitrines avec un air mystérieux.

Une auto longeait le trottoir, venant vers lui, et il crut reconnaître un visage, un bras se tendit, une main s'agita hors de la portière, la voiture s'arrêta.

C'était Bill, qu'on appelait Bill le Polack, avec deux filles à côté de lui sur la banquette avant et, derrière, dans la pénombre, une autre fille et un homme que Rico ne connaissait pas. Bill ne quittait pas son siège.

— Qu'est-ce que tu fais ici ?

— Je suis venu voir ma mère en passant.

Le Polonais se tourna vers les filles, expliqua :

— C'est le frère de Tony.

A lui :

— Il y a longtemps que tu es arrivé ? Je te croyais quelque part dans le Sud, en Louisiane, non ?

— En Floride.

— C'est ça, en Floride. Tu es content, là-bas ?

Eddie n'aimait pas Bill. Celui-ci essayait de se donner de l'importance. Il était bruyant, bagarreur, toujours entouré de femmes à qui il en mettait plein la vue. Quelle était sa place dans l'organisation ? Sûrement pas une place de premier ordre. Il trafiquait autour des docks, s'occupait des syndicats. Eddie le soupçonnait de prêter de l'argent à la petite semaine aux dockers et de leur racheter des marchandises volées.

— Tu viens prendre un verre avec nous ?

On ne l'invitait pas de bon cœur. C'était par curiosité que Bill s'était arrêté et il avait gardé son moteur en marche.

— Nous filons à Manhattan. Une petite boîte en sous-sol vers la 20e Rue, où les femmes dansent à poil.

— Merci. Je rentre me coucher.

— Comme tu voudras. Tu as des nouvelles de Tony ?

— Non.

Ce fut tout avec Bill. L'auto s'éloignait sur l'asphalte, et le Polonais devait parler de lui à ses compagnes et à l'homme assis derrière. Qu'est-ce qu'il disait ?

Eddie n'avait pas souvent besoin des autres. Ses défaillances étaient rares. Ce soir, pourtant, malgré sa décision, il ne se résignait pas à rentrer se coucher. Il avait envie de parler à quelqu'un qui lui manifesterait de la sympathie et pour qui il en aurait.

Des noms lui revenaient à la mémoire, des visages qu'il aurait pu retrouver en poussant la porte de quelques-uns des bars et des restaurants de l'avenue. Aucun ne lui convenait. Aucun ne répondait à ce qu'il cherchait.

Ce n'est qu'en reniflant une odeur de cuisine à l'ail qu'il pensa à Pep Fasoli, un gros garçon qui avait été son camarade à l'école et qui avait monté une petite boîte où l'on pouvait manger jour et nuit. Ce n'était pas un grand, une sorte de couloir étroit, tout en longueur, avec un comptoir et quelques tables séparées par des cloisons où l'on servait des spaghetti, des *hot dogs* et des *hamburgers*.

Il lui arrivait, en Floride, mangeant des spaghetti avec Alice dans un restaurant italien, de lui dire avec une pointe de nostalgie :

— Cela ne vaut pas ceux de Fasoli.

Il eut faim, entra. Derrière le comptoir, deux cuisiniers à la blouse maculée travaillaient devant les réchauds électriques. Des serveuses en noir et en tablier blanc allaient et venaient, le crayon derrière l'oreille. On aurait dit qu'après avoir pris une commande elles le piquaient dans leurs cheveux comme un peigne.

La moitié des places étaient occupées. Un phonographe automatique jouait quelque chose de sentimental. Pep était là, en tenue de cuisinier aussi, plus petit, plus gras que dans ses souvenirs. Il avait dû reconnaître Eddie alors que celui-ci s'installait sur un des tabourets, mais il ne s'était pas précipité, la main tendue. Peut-être avait-il eu une hésitation avant de s'approcher de lui ?

— Je savais que tu étais dans le quartier, mais je n'étais pas sûr que tu viendrais me voir.

D'habitude, Pep était expansif.

— Comment as-tu pu apprendre que j'étais à Brooklyn ?

— On t'a vu entrer chez ta mère.

Cela l'inquiéta. Plusieurs fois, dans la rue, il s'était retourné pour s'assurer qu'il n'était pas suivi. Il n'avait vu personne. La rue était vide quand il avait quitté la maison.

— Qui ?

Pep eut un geste vague.

— Ma foi, tu m'en demandes trop. Il défile tant de monde !

Ce n'était pas vrai. Pep savait qui lui avait parlé de lui. Pourquoi ne voulait-il pas le dire ?

— Un spaghetti spécial ?

On le traitait comme un client ordinaire. Il faillit répondre que non, qu'il avait mangé. Il n'osa pas. Il en était comme du chianti de sa mère. Son ancien camarade pourrait se vexer.

Il fit oui de la tête, et Pep se retourna pour annoncer sa commande à l'un des deux cuisiniers.

— Tu n'as pas l'air bien portant.

Le faisait-il exprès ? Eddie n'était que trop enclin à se préoccuper de sa santé. Le mur, en face de lui, était couvert de miroirs, sur lesquels les plats du jour étaient annoncés à la craie. A cause de la buée des fourneaux, le miroir devant lequel il se trouvait était trouble, et c'était probablement un mauvais miroir. Eddie y voyait un visage plus pâle que d'habitude, des yeux cernés, des lèvres décolorées. Il lui semblait même qu'il avait le nez légèrement de travers comme son frère Gino.

— Tu as des nouvelles de Tony ?

Tout le monde savait. Tout le monde était au courant. Il y avait comme une conspiration. Et, quand on lui posait cette question-là, on le regardait d'une façon particulière, comme si on le soupçonnait d'intentions honteuses.

— Il ne m'a pas écrit.

— Ah !

Pep n'insistait pas, se dirigeait vers la caisse enregistreuse qu'il faisait fonctionner.

— Tu retournes là-bas ? vint-il lui demander un peu plus tard, du bout des lèvres, comme si la réponse ne l'intéressait pas.

— Je ne sais pas encore quand.

On lui servit son spaghetti avec une sauce très relevée dont l'odeur l'écœura. Il n'avait plus faim, devait se forcer pour manger.

— Un café *expresso* ?

— Si tu veux.

Deux jeunes, à l'autre bout du comptoir, le regardaient avec insistance, et Eddie était persuadé qu'ils parlaient de lui. Pour eux, il représentait un personnage important. C'étaient des débutants, tout en bas de la hiérarchie, de ceux à qui on donne de temps en temps un billet de cinq dollars pour quelque menu service.

Avant, cela lui aurait fait plaisir d'être regardé de la sorte. Aujourd'hui, il ne savait comment se tenir. Il n'aimait pas non plus la façon dont Pep venait de temps en temps rôder autour de lui. Pep était, à tout prendre, ce qui pouvait le plus ressembler à un ami. Eddie lui avait même fait des confidences, une nuit sous la lune, tandis qu'ils marchaient interminablement dans les rues, alors qu'ils avaient seize ou dix-sept ans. Il lui avait justement parlé de la règle, de sa nécessité, de la stupidité et du péril qu'il y a à s'en écarter.

— Il n'est pas bon ?

— Très bon.

Et Eddie s'efforçait de manger toute son assiettée de

spaghetti qui avaient un arrière-goût de graillon, avec beaucoup trop d'ail. Il n'aurait pas dû venir chez Fasoli. Il n'aurait pas dû aller chez sa mère.

Que serait-il arrivé s'il était rentré à Santa Clara et s'il avait téléphoné carrément à Sid Kubik qu'il n'avait pas retrouvé la piste de son frère ? Il était trop scrupuleux.

— Qu'est-ce que je te dois ?

— Laisse.

— Mais non. Il n'y a pas de raison.

On lui permit de payer. C'était la première fois. A cause de cela aussi il se sentit plus étranger.

Ce qu'il n'arrivait pas à déterminer, c'est si c'étaient les autres qui le rejetaient, ou si c'était lui qui se mettait à l'écart. Son hôtel n'était pas si loin, à deux coins de rue. Il était décidé à y retourner sans plus tarder et, pourtant, il entra encore dans un bar. Il se souvenait vaguement du barman d'autrefois, avec qui il lui était arrivé de faire une partie de dés. Le barman était changé. Le patron aussi. Le comptoir était sombre, les murs recouverts de boiseries brunes, avec des gravures de courses, des photos de jockeys et de boxeurs. Certaines de ces photos dataient de longtemps ; il reconnaissait deux ou trois boxeurs qui avaient été lancés jadis par le vieux Mossie, car Mossie avait débuté en tenant une salle de gymnastique.

Il désigna la pompe à bière.

— Un demi.

Celui qui le servait ne savait pas qui il était. Non plus l'homme qui buvait du whisky à côté de lui et qui était déjà ivre. Ni le couple assis au fond de la salle, qui prenait le maximum de plaisir qu'il est possible de prendre en public.

Pour un peu, il aurait téléphoné à nouveau à Alice.

— La même chose !

Il se ravisa :

— Non ! Un *rye* !

Une soudaine soif d'alcool, à laquelle, il le savait, il avait tort de céder. Cela lui arrivait rarement. Il y a des gens à qui ça réussit. Quant à lui, la boisson le rendait triste et soupçonneux. Il était deux heures du matin et il tombait de sommeil. Il s'obstinait à rester accoudé à ce bar, où l'ivrogne lui-même ne lui adressait pas la parole.

— La même chose !

Il but quatre *ryes*. Ici aussi, il y avait en face de lui un miroir dans lequel il se regardait et dans lequel il ne se trouvait pas bonne mine. Sa barbe avait déjà poussé, salissant ses joues et son menton. Elle poussait vite. Il avait lu quelque part qu'elle pousse plus vite sur le visage des morts que sur celui des vivants.

Quand il regagna enfin son hôtel il marchait mollement et, chaque fois qu'il entendait des pas derrière lui, il se persuadait que c'était quelqu'un que Phil avait chargé de le suivre. Dans un coin du hall, où la plupart des lumières étaient éteintes, deux hommes étaient assis, qui bavardaient à mi-voix et qui levèrent la tête pour le regarder se diriger vers l'ascenseur. Étaient-ils là pour lui ? Il ne les reconnaissait pas, mais il en existait des milliers qu'il ne connaissait pas et qui, eux, le connaissaient : il était Eddie Rico !

Il eut envie d'aller se camper devant eux et de leur dire : « Je suis Eddie Rico. Qu'est-ce que vous me voulez ? »

Le garçon d'ascenseur l'avertit :

— Attention à la marche !

— Merci, jeune homme.

Il dormit mal, se releva deux fois pour boire de grands verres d'eau, s'éveilla, maussade, une douleur dans la tête. De sa chambre, il téléphona à la compagnie de navigation aérienne.

— El Centro, oui, en Californie, le plus tôt possible.

Il y avait un départ à midi. Toutes les places étaient retenues.

— Elles sont retenues pour trois jours. Cependant, si vous venez une demi-heure avant le décollage, il y a toutes les chances pour que vous ayez une place. Il est rare que quelqu'un ne rende pas son billet au dernier moment.

Le soleil brillait dehors, un soleil plus pâle, plus délicat qu'en Floride, avec une buée transparente dans le ciel.

Il se fit monter un petit déjeuner dont il ne prit que quelques bouchées, sonna pour un second pot de café. Puis il appela Alice, qui, à cette heure, devait être occupée à mettre de l'ordre dans les chambres, avec Loïs, la petite négresse, qui faisait les lits, Babe qui les suivait en touchant à tout.

— C'est toi ? Tout va bien à la maison ?

— Tout va bien.

— Pas de coups de téléphone ?

— Non. Babe s'est brûlée au doigt ce matin en touchant le poêle, mais ce ne sera rien. Elle n'a même pas pleuré. Tu as vu ta mère ?

— Oui.

Il ne trouva rien à lui dire, lui demanda quel temps il faisait, si on avait livré les nouveaux rideaux de la salle à manger.

— Tu te sens bien, toi ? s'inquiéta sa femme.

— Mais oui.

— On dirait que tu es enrhumé.

— Non. Peut-être.

— Tu es à l'hôtel ?

— Oui.

— Tu as rencontré des amis ?

Pourquoi répondit-il :

— Quelques-uns.

— Tu rentres bientôt ?

— J'ai quelque chose à faire d'abord. Ailleurs.

Il aurait failli lui avouer qu'il se rendait à El Centro. C'était dangereux. Il s'était arrêté à temps. De sorte que, s'il arrivait quelque chose chez lui, à une de ses filles par exemple, on ne saurait pas où le rejoindre pour l'en avertir.

— Veux-tu raccrocher, afin que je reste en communication avec Santa Clara ? J'ai besoin de parler à Angelo.

Cela se fit sans peine.

— C'est vous, patron ?

— Rien de neuf au magasin ?

— Rien de particulier. Les peintres ont commencé le travail ce matin.

— Joe ?

— Ça va.

La réponse manquait d'enthousiasme.

— Difficile ?

— Miss Van Ness l'a remis à sa place.

— Il a essayé ?

Joe était probablement le premier qui manquait de respect à Miss Van Ness.

— Elle lui a flanqué une gifle dont il n'est pas encore revenu.

— Il n'a pas tenté de sortir ?

— La première nuit, j'ai joué aux cartes avec lui jusqu'à trois heures du matin, après quoi j'ai fermé la porte à clef.

— Et maintenant ?

— La nuit dernière, j'ai senti que ça le travaillait et qu'il était prêt à sauter par la fenêtre. Alors j'ai téléphoné à Bepo.

Un petit homme toujours crasseux, qui tenait une maison de rendez-vous sur la grand-route, à égale distance de Santa Clara et de la ville voisine.

— Il a envoyé ce qu'il fallait. Ils ont vidé une pleine bouteille de whisky. Ce matin, il est à plat.

A onze heures et demie, Eddie était à nouveau à La Guardia, sa valise à son côté, à proximité du guichet. On lui avait promis la première place disponible. Il épiait les gens autour de lui, cherchant un visage de connaissance, quelqu'un qui aurait l'air d'appartenir à l'organisation.

Il était passé par la banque, où il avait retiré mille dollars. Il manquait d'aplomb quand il ne se sentait pas de l'argent en poche. Son carnet de chèques ne lui suffisait pas. Il lui fallait des billets.

A l'aéroport, il n'avait pas donné son vrai nom à la demoiselle du guichet, mais le premier nom qui lui était passé par la tête : Philippe Agostini. De sorte que, quand on l'appela, il fut un moment sans répondre, oubliant que c'était lui.

— Cent soixante-deux dollars… J'établis votre billet… Vous avez des bagages ? Veuillez passer sur la bascule.

Il lui semblait impossible qu'on le laisse partir sans essayer de savoir où il allait. Il se retournait sans cesse, scrutait les faces. Personne n'avait l'air de se préoccuper de lui.

Même cela, cette absence de surveillance, finissait par l'angoisser.

Le haut-parleur priait les passagers de son avion de se diriger vers la barrière numéro 12. Il s'y trouva avec une vingtaine de personnes. C'est seulement alors, au moment où il tendait son billet, qu'il sentit deux yeux bruns fixés sur lui. Car il les sentait littéralement avant de les voir, au point qu'il hésita à tourner la tête.

C'était un gamin de seize ou dix-sept ans, au poil sombre et luisant, au teint mat, un Italien sûrement, adossé à une cloison, qui le regardait d'un air narquois.

Eddie ne le connaissait pas, ne pouvait pas le reconnaître, puisque c'était un bébé quand il avait quitté Brooklyn. Il avait dû connaître ses parents, car ses traits, son expression lui étaient familiers.

L'idée lui vint de faire demi-tour, de prendre un autre avion, pour n'importe quelle direction. Cela ne servirait à rien : où qu'il aille, il y aurait quelqu'un pour l'attendre à l'aérodrome.

Au surplus, il lui était loisible de descendre en route. Se donnerait-on la peine de surveiller toutes les escales ?

— Qu'est-ce que vous attendez pour passer ?

— Pardon…

Il suivit le mouvement en avant. Le jeune homme resta à sa place, une cigarette non allumée fixée à la lèvre inférieure, comme Gino.

L'avion décolla. Puis, à une demi-heure des gratte-ciel de New York, qu'on avait survolés à basse altitude, la *stewardess* leur servit le déjeuner. A Washington, l'idée ne lui vint pas de descendre. Il y avait travaillé. Dans la foule qui stationnait devant les barrières du terrain, il aurait été incapable de repérer quelqu'un désigné pour le prendre en charge.

Il dormit. Quand il se réveilla, la *stewardess* offrait du thé, et il en but une tasse qui lui barbouilla l'estomac.

— Quand arrivons-nous à Nashville ?

— Dans deux heures environ.

Ils naviguaient très haut, bien au-dessus d'une masse lumineuse de nuages, par l'échancrure desquels on apercevait parfois le vert de la plaine, le blanc des fermes.

Il était passé maintes fois par Nashville, toujours les quelques minutes de l'escale, soit en train, soit en avion, sans jamais sortir du terrain ou de la gare.

Il n'y avait personne de l'organisation là-bas. C'était une ville paisible où il n'y avait pas grand-chose à faire et qu'on abandonnait aux *racketeers* locaux.

Pourquoi ne pas y descendre ? Il trouverait des trains, des avions pour toutes les directions. Qu'est-ce qu'il ferait ensuite ? Les grands patrons, dès maintenant, savaient qu'il avait pris un billet pour El Centro. On l'y attendait. Qu'il y arrive par cet avion-ci ou autrement, on ne le manquerait pas.

Quelle explication fournirait-il ?

Ils étaient aussi malins que lui, infiniment plus puissants que lui. Jamais Eddie n'avait essayé de les tromper. C'était sa force. C'est à cause de cela qu'il avait acquis sa situation. Est-ce que, à seize ans, alors que la plupart jouent les terreurs, il ne parlait pas déjà de la règle en se promenant au clair de lune avec Fasoli ?

Il se surprenait à en vouloir à Tony, car c'était lui, en définitive, qui le mettait dans l'embarras, Eddie avait toujours été persuadé qu'il aimait bien ses frères, Tony davantage encore que Gino, parce qu'il se sentait moins différent de lui.

Mais il aimait bien sa mère aussi, et la veille il était

resté sans aucune émotion devant elle. Il n'y avait pas eu de contact entre eux. Il l'avait presque détestée pour la façon dont elle l'épiait.

Il ne s'était jamais senti aussi seul. Même Alice devenait moins réelle. C'était à peine s'il parvenait à se la figurer dans leur maison, à se convaincre que cette maison-là était la sienne, que chaque matin il était réveillé par les merles qui sautillaient sur la pelouse, puis par le gazouillis de Babe.

A quoi appartenait-il ? A Brooklyn, il ne s'était pas senti chez lui. Et pourtant, en Floride, rien que d'entendre un nom de là-bas éveillait sa nostalgie. S'il se méfiait de Boston Phil, s'il entretenait plutôt de l'aversion à son égard, c'est qu'il n'était pas de Brooklyn. Phil n'avait pas passé son enfance dans les mêmes rues, de la même manière, n'avait pas mangé des mêmes plats, parlé le même langage.

Car c'était cela, en somme : Boston Phil était différent, était d'ailleurs.

Encore que grand patron aujourd'hui, Sid Kubik était plus près de lui, et même ce rouquin de Joe. Alors pourquoi les fuyait-il ?

Pourquoi se raccrochait-il aux images de Floride ?

Le plus troublant, c'est que ces deux pôles devenaient aussi inconsistants l'un que l'autre, de sorte qu'il ne pouvait plus s'appuyer sur rien.

Il était tout seul, dans son avion, avec la perspective d'être un étranger, sinon un ennemi, n'importe où il atterrirait.

Il ne descendit pas à Nashville. Il ne descendit pas à Tulsa non plus, dont il ne vit que les lumières dans la nuit. Il renonçait à réfléchir, remettait toute décision à plus tard. Le ciel était d'un bleu sombre, uni, plein d'étoiles lointaines, au clignement ironique.

Il dormit un peu. La lumière de l'aube l'éveilla, et quinze ou vingt personnes dormaient encore autour de lui. Une femme qui donnait le sein à un bébé le regarda avec défi. Pourquoi ? Avait-il l'air d'un homme qui glisse un regard honteux vers le sein des mères qui allaitent ?

Sous l'appareil s'étendait une immense plaine rousse d'où s'élevaient des montagnes dorées, avec parfois des tranches d'un blanc lumineux.

— Café ? Thé ?

Il prit du café. A Tucson, il quitta l'avion pour en prendre un plus petit qui allait à El Centro et régla sa montre qui avait déjà trois heures de différence avec celle de l'aéroport. La plupart des hommes portaient de grands chapeaux clairs de cow-boys et des pantalons collants. Beaucoup avaient le type mexicain.

— Salut, Eddie !

Il tressaillit. On lui avait frappé sur l'épaule. Il chercha dans sa mémoire le nom de celui qui lui tendait la main et lui souriait joyeusement, ne le retrouva pas. Il l'avait connu quelque part, pas à Brooklyn, plutôt dans le Middle West, à Saint Louis, ou à Kansas City. S'il se souvenait bien, il était alors barman dans un *night club*.

— Bon voyage ?

— Pas mauvais.

— On m'a dit que tu passerais par ici, et je suis venu te saluer.

— Merci.

— J'habite à dix milles d'ici, où j'ai une boîte qui ne marche pas mal. Ils sont terriblement joueurs dans le coin.

— Qui t'a dit…

Il aurait voulu se reprendre. A quoi bon poser la question ?

— Je ne sais plus. Tu sais comment on ramasse ces potins-là. Cette nuit, au cours de la partie, quelqu'un a parlé de toi et de ton frère.

— Lequel ?

— Celui…

Ce fut au tour de l'homme de se mordre la lèvre. Qu'est-ce qu'il allait dire : « Celui qui a fait des bêtises » ?

Il trouva une formule :

— Celui qui s'est marié récemment.

Le nom lui revenait : l'homme s'appelait Bob et avait travaillé à Saint Louis au *Liberty*, qui appartenait alors à Stieg.

— Inutile de t'inviter au bar de l'aérodrome. Ils ne servent que des sodas et du café. J'ai pensé que cela te ferait plaisir que je t'apporte…

Il lui glissait une bouteille plate dans la main.

— Merci.

Il ne la boirait pas. La bouteille était tiède de la chaleur de son compagnon, mais il valait mieux ne pas refuser.

— Il paraît que tu réussis, à Santa Clara ?

— Pas trop mal.

— La police ?

— Correcte.

— C'est ce que je leur répète toujours. La première chose, c'est de…

Eddie n'écoutait plus, hochait la tête en signe d'approbation. Ce fut un soulagement quand on appela enfin les passagers pour le départ du nouvel avion.

— J'ai été content de te serrer la main. Si tu repasses par ici, viens me voir.

Il n'y avait plus que deux escales : Phoenix et Yuma. Quand l'avion descendrait ensuite, ce serait au-dessus du terrain d'El Centro. La main de Bob était moite de sueur. Il souriait toujours. Dans quelques instants, nul doute qu'il se précipite au téléphone.

— Bonne chance !

On survola presque tout le temps le désert. Puis, sans transition, dessinant une frontière nette, ce furent des champs coupés de canaux, avec des maisons claires regardant toutes du même côté.

On suivait, de haut, une grand-route où les camions gravitaient en file indienne, amenant sans fin des caisses de légumes à la ville. Il y en avait aussi sur d'autres routes plus étroites qui rejoignaient l'artère principale, et le mouvement ressemblait à celui d'une fourmilière, avec des véhicules vides qui circulaient en sens inverse.

Eddie aurait préféré que l'appareil n'atterrît pas, qu'il poursuivît son chemin vers le Pacifique qui n'était plus qu'à une heure de vol.

« Bouclez vos ceintures », commandait le tableau lumineux.

Il assujettit la sienne et, cinq minutes plus tard, alors que les roues prenaient contact avec la piste de béton, la défaisait déjà. Il ne vit aucun visage de connaissance. Personne ne lui tapa sur l'épaule. Il y avait des femmes, des hommes qui attendaient quelqu'un ou qui attendaient un autre avion. Des couples s'embrassaient. Un père se dirigeait vers la sortie en tenant deux enfants par la main, tandis que sa femme trottait derrière lui et essayait en vain de lui parler.

— Porteur, monsieur ?

Il abandonna sa valise au nègre.

— Taxi ?

Il faisait plus chaud qu'en Floride, d'une chaleur différente, comme plus luisante, et le soleil brûlait les yeux.

Il prit le premier taxi venu et, pendant tout ce temps-là, il s'efforçait de se montrer calme, indifférent, car il avait la certitude qu'on l'observait.

— A l'hôtel.

— Lequel ?

— Le meilleur.

La voiture démarra, et il ferma les yeux en soupirant.

6

Il fit, cette nuit-là, le rêve le plus déprimant de sa vie. Il avait rarement des cauchemars. Quand cela lui arrivait, de loin en loin, c'était presque toujours le même : il se réveillait sans savoir où il était, entouré de gens qu'il ne connaissait pas et qui ne prêtaient pas attention à lui. Il appelait ça, à part lui, le rêve de l'homme perdu. Car, bien entendu, il n'en parlait à personne.

Ce rêve-ci n'avait aucun rapport avec les autres. Il s'était senti soudain très fatigué en arrivant à l'hôtel. Il lui semblait que tout le soleil du désert lui était entré par les pores et, sans attendre le soir, sans descendre pour manger, il s'était couché. L'hôtel *El Presidio*, où on l'avait conduit, le meilleur, avait affirmé son chauffeur, était de style vaguement mauresque. Tout le centre de la ville semblait dater des Espagnols, et les maisons étaient recouvertes de crépi d'un jaune ocré, cuit et recuit par le soleil.

Les moindres bruits de la grand-rue lui parvenaient, et il avait rarement connu une rue aussi bruyante, même à New York. Pourtant, il sombra presque tout de suite dans le sommeil. Il fit peut-être d'autres rêves, son corps continuant à participer au mouvement de l'avion. Il dut rêver d'avion aussi, mais ce rêve-là se dilua, et il ne s'en souvint pas au réveil. Il devait, au contraire, se rappeler dans les plus petits détails le rêve de Tony. Ce rêve avait d'ailleurs une particularité : il était en couleur, comme certains films, sauf en ce qui concernait deux personnages, Tony et son père, qui, eux, étaient en blanc et noir.

Au début, cela se passait nettement à Santa Clara, chez lui, dans sa maison qu'il avait baptisée *Sea Breeze*. Il sortait, le matin, en pyjama, pour aller prendre le courrier dans la boîte aux lettres au bord du trottoir. Cela ne lui arrivait presque jamais, dans la réalité, de s'y rendre sans être habillé. Peut-être l'avait-il fait deux ou trois fois, des matins qu'il s'était levé tard, et il avait toujours passé une robe de chambre.

Dans son rêve, il y avait quelque chose de très important dans la boîte aux lettres. C'était impérieux qu'il y aille séance tenante. Alice était d'accord. Elle lui avait même murmuré :

— Tu devrais emporter ton revolver.

Il ne l'avait pourtant pas pris. La chose importante, c'était son frère Tony, qui se trouvait dans la boîte.

L'étrange, c'est qu'à ce moment-là il se rendait fort bien compte que c'était impossible et qu'il devait rêver. La boîte, en effet, en métal argenté, avec son nom peint dessus, comme toutes les boîtes aux lettres américaines, n'était guère plus grande qu'un magazine. D'ailleurs, au début, ce n'était pas encore tout à fait Tony qu'il découvrait, mais une poupée en caoutchouc gris qu'il reconnaissait pour l'avoir prise, quand il avait quatre ou cinq ans, à une petite fille du voisinage. Il l'avait vraiment volée. Il ne s'en était emparé que parce que c'était un vol, car il n'en avait pas envie, et il l'avait gardée longtemps dans un tiroir de sa chambre. Peut-être sa mère l'avait-elle encore dans le coffre où elle conservait les jouets de ses trois fils ?

Donc, même dans son rêve, il savait de quoi il s'agissait. Il aurait pu dire le nom de la petite fille. Il n'avait pas commis ce vol par plaisir, mais pour commettre un vol, parce qu'il jugeait que c'était nécessaire.

Et, maintenant, un décalage se produisait. Sans transition, la poupée n'était plus une poupée, mais son frère Tony, et il n'en était pas surpris. Il le savait d'avance.

Tony était exactement de la même matière spongieuse que la poupée, du même gris terne, et il était évident qu'il était mort.

— Tu m'as tué ! disait-il en souriant.

Pas fâché. Pas amer. Il parlait sans ouvrir la bouche. Il ne parlait pas réellement. Il n'y avait pas de sons, comme dans la vie, mais Eddie n'en percevait pas moins les mots.

— Je te demande pardon, répondait-il. Entre.

C'est alors qu'il constatait que son frère n'était pas seul. Il avait amené leur père comme témoin. Et leur père était de la même matière inconsistante, avec, lui aussi, un sourire très doux.

Eddie lui demandait de ses nouvelles, et son père hochait la tête sans répondre. Tony disait :

— Tu sais bien qu'il est sourd.

C'était probablement ce qu'il y avait de plus troublant dans ce rêve-là. Il s'en rendait compte, faisait, en marge, des réflexions lucides.

Jamais leur mère ne leur avait révélé que leur père était dur d'oreille, ni personne du quartier. Peut-être personne ne s'en était-il aperçu ? Or, à présent, Eddie était à peu près sûr d'avoir fait une découverte. Il avait gardé, de son père, l'image d'un homme paisible, qui tenait la tête penchée sur l'épaule et qui souriait d'un curieux sourire intérieur. Il ne parlait presque jamais, accomplissait sa tâche, du matin au soir, avec une patience jamais lassée, comme si c'était son destin, comme si l'idée ne lui était jamais venue qu'il pourrait faire autrement.

Sa mère lui aurait sans doute objecté que c'était un souvenir d'enfance, que son mari n'était pas différent des autres, mais il était persuadé que c'était lui qui avait raison.

Cesare Rico vivait dans un monde à lui, et c'était un rêve, après tant d'années, qui en fournissait l'explication à son fils : il était sourd.

— Entrons… disait Eddie, gêné de son pyjama.

A ce moment-là, le décor changeait. Ils entraient tous les trois quelque part, mais ce n'était pas dans la maison blanche de Santa Clara. Quand ils se retrouvaient à l'intérieur, c'était la cuisine de Bronklyn, où la grand-mère était assise dans son fauteuil et où il y avait du chianti sur la table.

— Je ne t'en veux pas, disait Tony. Mais c'est dommage !

L'idée lui venait de leur offrir à boire. C'était la coutume dans la maison d'offrir un verre de vin au visiteur. Il se rappelait à temps que Tony et son père étaient morts et ne devaient pas avoir la possibilité de boire.

— Asseyez-vous.

— Tu sais bien que père ne s'assied jamais.

Il s'asseyait rarement jadis de son vivant, seulement pour manger, mais, dans le rêve, c'était plus important, cela tenait à sa qualité, au rôle qu'il jouait. Il ne devait pas s'asseoir. C'était une question de dignité.

— Qu'est-ce qu'on attend pour commencer ? prononçait une nouvelle voix.

C'était sa mère. Elle était assise et frappait la table avec une cuiller pour attirer l'attention.

— Eddie a tué son frère ! disait-elle d'une voix forte.

Et Tony murmurait :

— C'est surtout que cela fait mal.

Il avait rajeuni. Ses cheveux étaient plus bouclés que les derniers temps, avec une boucle sur le front, comme quand il avait dix ans. Peut-être avait-il à nouveau dix ans ? Il était très beau. Il avait toujours été le plus beau des trois, Eddie s'en rendait compte. Même en gris terne, même dans cette matière inconsistante, qui était maintenant la sienne, il restait séduisant.

Eddie n'essayait pas de protester. Il savait que ce qu'on disait était vrai. Il cherchait à se rappeler comment cela s'était passé et n'y parvenait pas.

Or il ne pouvait pas poser la question. Il eût été indécent de demander : « Comment t'ai-je tué ? »

C'était pourtant le point capital. Tant qu'il ne saurait pas cela, il ne pourrait rien leur dire. Il avait très chaud, sentait la sueur couler sur son front et s'introduire entre ses paupières. Il portait la main à sa poche pour y prendre son mouchoir, et ce qu'il tirait c'était une bouteille plate de whisky.

— Voilà la preuve ! triomphait sa mère.

Il balbutiait :

— Je n'en ai pas bu.

Il voulait lui montrer que la bouteille était pleine comme quand le type de Tucson la lui avait glissée dans la main, ne parvenait pas à en retirer le bouchon. Sa grand-mère le regardait avec ironie. Elle aussi était sourde. Peut-être était-ce dans la famille, peut-être allait-il également devenir sourd ?

— C'est à cause de la règle !

Tony l'approuvait. Il était plutôt de son côté. Son père aussi. Mais tout le reste, la foule, était contre lui. Car il y avait foule. La rue était pleine de gens, comme un jour d'émeute. On se bousculait pour le voir. On disait :

— Il a tué son frère !

Il s'efforçait de leur parler, de leur expliquer que Tony était d'accord avec lui, son père aussi, mais aucun son ne sortait de sa bouche. Boston Phil ricanait, Sid Kubik grommelait :

— J'ai fait mon possible parce que ta mère m'a sauvé la vie autrefois, mais je ne peux pas davantage.

Le terrible, c'est qu'ils prétendaient qu'il était un menteur, que Tony n'était pas là. Lui-même, qui le cherchait autour de lui, ne le voyait plus.

— Dis-leur, Tony, que...

Son père n'était plus là non plus, et les autres, menaçants, commençaient à disparaître, à fondre, le laissant tout seul. Il n'y avait plus de rue ni de cuisine, plus rien que du vide, une immense place vide au milieu de laquelle il levait les bras en appelant au secours.

Il s'éveilla en nage. Il faisait jour. Il pensa qu'il n'avait peut-être dormi que quelques minutes, mais, quand il alla à la fenêtre, il vit que la rue était vide, que la lumière était celle du petit matin. Il alla boire un verre d'eau glacée et, comme il faisait très chaud, fit marcher l'appareil d'air conditionné.

Il avait envie d'une tasse de café fort. Il téléphona en

bas. On lui répondit que les garçons n'arrivaient qu'à sept heures. Il en était cinq. Il n'avait pas le courage de se recoucher. Il faillit appeler sa femme au téléphone, pour la rassurer. Puis il se dit qu'elle s'effrayerait d'être réveillée de la sorte. Ce n'est qu'une fois dans la rue qu'il se rendit compte qu'il avait été stupide, car il y avait trois heures de différence avec la Floride. Les aînées, là-bas, étaient déjà parties pour l'école, et Alice était occupée à prendre son petit déjeuner.

Personne, dans le hall de l'hôtel, n'avait l'air de l'épier. L'employé le regarda seulement sortir avec une certaine surprise. On ne le suivit pas tandis qu'il arpentait la rue principale, où il y avait des arcades le long des trottoirs.

On ne comptait pas les bars, les restaurants, les *cafeterias*, mais il se passa plus d'une demi-heure avant qu'il dénichât un endroit ouvert. C'était un établissement bon marché dans le genre de chez Fasoli, avec le même comptoir, les mêmes réchauds électriques, la même odeur.

— Du café noir.

Il était seul avec le patron, qui avait les yeux encore pleins de sommeil. Derrière lui, contre la cloison, s'alignaient quatre machines à sous.

— La police ne dit rien ?

— Elle les saisit une fois tous les six mois.

Il connaissait ça. Quelques rafles calmaient les ligues pour la moralité. Les machines étaient censément détruites. Quelques semaines plus tard, elles réapparaissaient dans d'autres établissements.

— Ça marche ?

— Ça marche dur.

— Les jeux ?

— Il y a des *crap games* dans presque tous les bars. Les types ne savent que faire de leur argent !

Le café le remit d'aplomb, et il commanda des œufs au bacon. Il se calmait tout doucement, se sentait redevenir lui-même. Le tenancier avait compris que c'était un homme à qui on pouvait parler.

— El Centro est en plein *boom*. On ne suffit pas à la main-d'œuvre. Il arrive des gens de partout, qui sont obligés d'acheter ou de louer des *trailers* parce qu'on ne sait où les loger. Il y en a, surtout de nouveaux arrivés, qui travaillent à l'arrachage des légumes jusqu'à douze et treize heures par jour. Toute la famille s'embauche, le père, la mère, les gosses. C'est du travail dur, à cause du soleil qui tape, mais ça ne demande pas de cerveau. Malgré ça, on ne parvient pas à tout cueillir et on est obligé d'aller chercher des ouvriers en fraude au Mexique. La frontière n'est qu'à dix milles.

Est-ce qu'Eddie allait prononcer le nom ? Car il avait retrouvé le nom du fils de Josephina. Cela lui était revenu dans l'avion, alors qu'il n'avait pas conscience de chercher. Peut-être aurait-il préféré ne pas le retrouver. Il savait que c'était un nom qui ressemblait à un prénom de femme.

Il avait les yeux fermés et somnolait quand les syllabes s'étaient comme inscrites dans sa tête : « Felici. »

Marco Felici. Il n'y avait personne que le tenancier et lui dans la *cafeteria*. Quelques voitures commençaient à passer dans la rue. Des gens travaillaient dans un garage, un peu plus loin.

— Vous connaissez un certain Marco Felici ?

— Qu'est-ce qu'il fait ?

— De la primeur.

L'homme se contenta de lui désigner, sur une tablette, près d'un appareil mural, l'annuaire des téléphones.

— Vous le trouverez sans doute là-dedans.

Il feuilleta le livre, ne trouva pas le nom à El Centro, mais dans un petit village des environs qui s'appelait Aconda.

— C'est loin ?

— Six ou sept milles en direction du grand canal.

Un des mécaniciens du garage entra pour déjeuner, puis une femme qui ne paraissait pas avoir dormi et dont le maquillage avait fondu. Il paya, sortit, resta sur le trottoir sans savoir que faire.

Cela l'aurait moins dérouté de voir quelqu'un le surveiller. Il lui paraissait impossible qu'il n'y eût personne. Pourquoi le laissait-on aller et venir sans se préoccuper de ses faits et gestes ?

Une idée le frappa : ils avaient plus d'une journée d'avance sur lui. Depuis qu'il avait quitté New York, en effet, ils savaient qu'il se rendait à El Centro. Il y avait ici, sans nul doute, quelqu'un sur qui ils pouvaient compter pour chercher la trace de Tony.

Ils ne connaissaient pas la piste Felici, mais celle-ci n'était pas indispensable : Tony avait un camion, était accompagné par une jeune femme, il avait dû se loger quelque part dans un *motel* ou dans un *trailer park*.

Ce n'était pas sûr. Ce n'était qu'une possibilité. Qu'était-il arrivé s'ils l'avaient trouvé ?

Probablement attendaient-ils pour savoir ce que lui, Eddie, allait faire ? Est-ce que Phil ne le soupçonnait pas de vouloir tricher ?

Il retourna à son hôtel pour y laisser son veston, car, ici, personne n'en portait. Deux ou trois fois, il toucha l'appareil téléphonique. Son rêve le poursuivait, lui laissait un vide désagréable dans tout le corps.

Il finit par décrocher et par demander la communication avec l'*Hôtel Excelsior*, à Miami. Cela prit près de dix minutes, pendant lesquelles le récepteur s'échauffait dans sa main.

— Je voudrais parler à M. Kubik.

Il dit le numéro de l'appartement.

— M. Kubik n'est plus à l'hôtel.

Il allait raccrocher.

— Mais son ami, M. Philippe, est toujours ici. Je vous le passe ? De la part de qui ?

Il grommela son nom, entendit la voix de Boston Phil.

— Je vous ai réveillé ?

— Non. Tu l'as trouvé ?

— Pas encore. Je suis à El Centro. Je n'ai aucune certitude qu'il soit dans la région, mais…

— Mais quoi ?

— J'ai pensé à une chose. Supposez que le FBI, qui le cherche aussi, soit sur ma piste…

— Tu as vu le beau-père ?

— Oui.

— Tu es allé à Brooklyn ?

— Oui.

Autrement dit, il s'était rendu dans des endroits où la police avait pu le repérer et le prendre en filature.

— Donne-moi ton numéro de téléphone. Ne fais rien avant que je t'appelle.

— Bien.

Il lut le numéro sur l'appareil.

— Tu n'as remarqué personne ?

— Je ne pense pas.

Phil allait certainement poser la question à Kubik ou à un autre des grands patrons. Après la déposition de Pieter Malaks, la police devait avoir fort envie de mettre la main sur Tony. Les allées et venues de son frère Eddie n'étaient pas nécessairement passées inaperçues.

Pour le moment, il n'avait plus rien à faire qu'à attendre. Il n'osait même pas descendre dans le hall par crainte que le chasseur ne le trouve pas quand Phil lui téléphonerait. Pour la même raison, il n'appela pas Alice. On pourrait le demander alors qu'il serait en communication. Phil croirait qu'il le faisait exprès. Eddie était persuadé qu'on le soupçonnait de vouloir trahir. C'était imprécis, mais il y pensait depuis Miami.

Son frère Gino était peut-être quelque part dans la ville. Il se rendait à San Diego. Il ne faisait pas le voyage en avion, mais par autocar. Cela prenait plusieurs jours. En calculant approximativement, Eddie en arrivait à la conclusion que son frère était passé par El Centro la veille, ou y passerait aujourd'hui.

Il aurait aimé le voir. Mais peut-être valait-il mieux pas ? Il ne pouvait pas prévoir les réactions de Gino. Ils étaient trop différents l'un de l'autre. Il allait et venait dans la chambre, s'impatientait.

— Toujours pas de communication pour moi, mademoiselle ?

— Rien.

Sid Kubik, pourtant, était en Floride. A cette époque de l'année, il y passait habituellement plusieurs semaines. Là-bas, la journée était déjà avancée. Peut-être était-il sorti en voiture ? Peut-être était-il à se baigner sur quelque plage ?

Ou encore n'osait-il pas prendre seul la responsabilité d'une décision ? Dans ce cas, il téléphonait à son tour à New York et peut-être à Chicago.

L'affaire était grave. Avec un témoin comme Tony, si réellement Tony était décidé à parler, c'était l'organisation entière qui était menacée. Vince Vettori était assez important pour qu'on ne puisse à aucun prix le laisser accuser.

Il y avait des années que le District Attorney s'acharnait à découvrir un témoin. Deux fois, il avait failli réussir. Une fois même, avec le petit Charlie – qui était, lui aussi, chauffeur –, il avait été tout près du triomphe. Ils avaient arrêté Charlie. Par précaution, ils ne l'avaient pas enfermé aux *Tombs*, où un prisonnier aurait pu le faire taire définitivement. C'était arrivé. Albert le Borgne, cinq ans plus tôt, avait été étranglé pendant la promenade, sans que les gardiens s'en aperçoivent.

Ils avaient conduit Charlie, en grand secret, dans l'appartement d'un des policiers, où ils étaient, nuit et jour, quatre ou cinq à le garder. On l'avait eu quand même. Une balle, venue d'un toit d'en face, avait abattu Charlie dans la chambre du flic.

Il était normal qu'on se défende. Eddie le comprenait. Même s'il s'agissait de son frère.

Et c'était très compliqué, il s'en rendait compte. La police de Brooklyn ne pouvait pas agir ici en Californie. Quant au FBI, il n'avait, en principe, aucun droit s'il n'y avait pas crime fédéral.

Le meurtre de Carmine, celui du marchand de cigares n'en étaient pas. Cela ne regardait que l'État de New York. Il n'y aurait que le cas où on aurait employé une voiture volée dans un autre État, par exemple. Mais ceux qui avaient organisé les deux affaires étaient trop avisés pour cela.

Tout ce que les Fédéraux pouvaient tenter, s'ils mettaient la main sur Tony, c'était peut-être de l'accuser d'avoir volé le camion et de l'avoir amené en Californie. Avant que le vieux Malaks en soit avisé, ils auraient peut-être le temps d'emmener Tony dans l'État de New York.

Il existait d'autres solutions. Son esprit travaillait trop. Il avait hâte que la sonnerie du téléphone l'empêche de penser.

Il tressaillit quand on frappa à la porte, s'en approcha sur la pointe des pieds, l'ouvrit brusquement. Ce n'était que la femme de chambre qui demandait si elle pouvait faire son service.

Cela arrive, certes, qu'elles dérangent un voyageur qui traîne trop tard dans sa chambre. Mais c'était possible qu'*ils* veuillent s'assurer qu'Eddie était toujours là.

Maintenant *ils* s'appliquait aussi bien aux gens de l'organisation qu'aux policiers, à ceux du FBI qu'à ceux de l'État.

Eddie avait dormi près de quatorze heures et ne se sentait pas reposé. Il aurait eu besoin de quelques heures de calme, non pour penser comme il le faisait, d'une façon saccadée, nerveuse, en embrouillant les idées, mais pour réfléchir avec sang-froid selon son habitude.

C'était curieux qu'il ait rêvé de son père. Son image lui revenait rarement. Il l'avait à peine connu. Pourtant il lui semblait qu'il existait plus de points communs entre lui et Cesare Rico qu'entre ses frères et leur père.

Il le revoyait servant les clientes dans le magasin, toujours paisible, un tantinet solennel, eût-on dit, mais ce n'était pas de la solennité. C'était une zone de calme qui l'entourait.

Eddie aussi était calme. Et, comme son père, il pensait tout seul à longueur de journée. Lui était-il arrivé de se confier à sa femme ? Peut-être une fois ou deux, des confidences sans gravité. Jamais à ses frères, ni à ce qu'on appelle des amis.

Son père non plus ne riait jamais, avait, comme Eddie à l'ordinaire, un vague sourire épars.

Ils allaient leur chemin, l'un comme l'autre, ne s'en détournaient pas, têtus, parce qu'ils avaient décidé une fois pour toutes de ce que serait la vie.

C'était difficile à préciser en ce qui concernait le père. Cesare Rico avait probablement pris sa décision, quand il avait rencontré Julia Massera. Elle était plus forte que lui. Il était clair que c'était elle qui commandait, dans le ménage comme dans le magasin. Il l'avait épousée, et Eddie ne l'avait jamais entendu élever la voix, ni se plaindre.

Eddie, lui, avait choisi d'appartenir à l'organisation et de jouer le jeu, de suivre la règle, laissant à d'autres de se révolter ou d'essayer de tricher.

Qu'est-ce que Phil attendait pour l'appeler ? Il n'avait pas un journal à lire. L'idée ne lui venait pas de s'en faire monter un. Il avait besoin de solitude.

La rue était redevenue bruyante. Des autos stationnaient le long des trottoirs, et un policier avait peine à régler la circulation. Ce n'était pas comme en Floride, ni à Brooklyn. On voyait des voitures de tous les modèles, les plus vieilles et les plus neuves, des Ford hautes sur roues qu'on ne rencontre plus que dans les campagnes reculées, le capot maintenu par des ficelles, et des Cadillac étincelantes, des camionnettes aussi, des motos, et des gens de toutes les races, beaucoup de nègres, plus encore de Mexicains.

Il sauta sur l'appareil dès que celui-ci fit entendre sa sonnerie.

— Allô !

La sonnerie durait toujours. Il entendait des voix d'opératrices lointaines, puis Boston Phil, enfin.

— Eddie ?

— Oui.

— C'est d'accord.

— Quoi ?

— Tu parles à ton frère.

— Même si la police ?...

— Dans tous les cas, il vaut mieux arriver les premiers. Sid insiste pour que tu me téléphones dès que tu l'auras retrouvé.

Eddie ouvrit la bouche sans savoir ce qu'il allait dire, mais il n'eut pas le temps de parler, car Phil avait déjà raccroché.

Alors il alla se laver les mains, le visage, pour se rafraîchir, changea de chemise, mit son chapeau et se dirigea vers l'ascenseur. Il avait laissé sur la table la bouteille de whisky à laquelle il n'avait pas touché. Il n'avait pas envie de boire. Il n'avait pas soif. Sa gorge était sèche, mais il n'en alluma pas moins une cigarette.

Dans le hall, où il y avait du monde, il ne regarda pas autour de lui. Plusieurs taxis stationnaient devant la porte. Il ne choisit pas, monta dans le premier qui se présentait.

— Aconda, dit-il en se laissant tomber sur la banquette, brûlante d'avoir été au soleil.

Il vit, aux portes de la ville, les *motels* dont on lui

avait parlé le matin et les *trailers* qui formaient de véritables agglomérations dans les terrains vagues, avec du linge qui séchait sur des fils, des femmes en short, des grosses et des maigres, qui cuisinaient en plein air sur des réchauds.

Ce furent les premiers champs. Dans la plupart, des hommes et des femmes en rang, penchés sur le sol, procédaient à la cueillette, tandis que des camions suivaient, qui se changeaient progressivement.

La plupart des maisons étaient neuves. Quelques années plus tôt, avant qu'on creuse le canal, cette région n'était qu'un désert au milieu duquel se dressait la ville espagnole. On bâtissait vite. Certains se contentaient de baraques.

L'auto tourna à gauche dans un chemin sablonneux, le long duquel couraient les fils électriques, et, de loin en loin, quelques maisons formaient un hameau.

Aconda était plus important. Certaines habitations étaient vastes, avec de la pelouse et des fleurs alentour.

— Chez qui est-ce que vous allez ?

— Un nommé Felici.

— Connais pas. Ça change tellement souvent par ici !

Le chauffeur s'arrêta devant un magasin général dont les instruments agricoles débordaient jusqu'au milieu du trottoir.

— Il n'y a pas un Felici, dans le quartier ?

On leur fournit des explications compliquées. Le taxi sortit du bourg, traversa de nouveaux champs, s'arrêta devant quelques boîtes aux lettres plantées au bord de la route. La cinquième portait le nom de Felici. La maison se dressait au milieu des champs, et, assez loin, se détachant sur le ciel, un rang de travailleurs étaient penchés sur le sol.

— Je vous attends ?

— Oui.

Une petite fille en maillot de bain rouge jouait sur la véranda. Elle pouvait avoir cinq ans.

— Ton père est ici ?

— Il est là-bas.

Et elle désignait les hommes visibles à l'horizon.

— Et ta mère ?

La petite n'eut pas besoin de répondre. Une femme brune, qui n'avait sur le corps qu'un short de toile et une sorte de soutien-gorge en même tissu, ouvrait la porte-moustiquaire.

— Qu'est-ce que c'est ?

— Madame Felici ?

— Oui.

Il ne se souvenait pas d'elle, et elle ne devait pas se souvenir de lui. Elle reconnaissait seulement quelqu'un d'origine italienne, et aussi, sans doute, quelqu'un qui arrivait de loin.

Fallait-il lui parler ou valait-il mieux attendre de voir le mari ? Il se retourna. Personne n'était en vue. On ne semblait pas l'avoir suivi.

— Je voudrais vous demander un renseignement.

Elle hésita. Elle tenait toujours la porte ouverte. Elle dit à regret :

— Entrez !

La pièce était vaste, presque sombre, parce que les persiennes étaient fermées. Il y avait une grande table au milieu, des jouets par terre, une planche à repasser dans un coin, avec un fer encore branché et une chemise d'homme étalée.

— Asseyez-vous.

— On m'appelle Eddie Rico, et j'ai connu votre belle-mère.

Ce n'est qu'alors qu'il se rendit compte d'une présence dans la pièce voisine. Il entendit bouger. Puis la porte, qui était contre, s'ouvrit. Il ne vit d'abord qu'une silhouette de femme qui portait une robe claire à fleurs. Comme les volets de la chambre n'étaient pas fermés, la femme se dessinait sur un fond lumineux, et on distinguait l'ombre de ses jambes et de ses cuisses à travers le tissu.

Au lieu de répondre, Mme Felici se retournait et appelait à mi-voix :

— Nora !

— Oui. Je viens.

Elle pénétrait dans la pièce. Eddie la vit tout entière, plus petite qu'il n'avait pensé en rencontrant son père et son plus jeune frère, plus petite et plus délicate.

Ce qui le frappa tout de suite, c'est qu'elle était visiblement enceinte.

— Vous êtes le frère de Tony ?

— Oui. Vous êtes sa femme, n'est-ce pas ?

Il ne s'était pas attendu à ce que ce soit si rapide. Il n'avait rien préparé. Il avait compté parler à Felici d'abord, et, dans son esprit, celui-ci aurait fini par lui révéler où était Tony.

Ce qui le troublait aussi, c'était que Nora soit enceinte. Il avait trois enfants et il n'avait jamais pensé que ses frères pouvaient en avoir de leur côté.

Elle s'asseyait sur un des bancs, posait un bras sur la table, l'examinait avec attention.

— Comment se fait-il que vous soyez ici ?

— J'ai besoin de parler à Tony.

— Ce n'est pas cela que je vous demande. Qui vous a donné son adresse ?

Il n'avait pas le temps d'inventer une réponse.

— Votre père m'a dit…

— Vous êtes allé chez mon père ?

— Oui.

— Pourquoi ?

— Pour avoir l'adresse de Tony.

— Il ne la connaît pas. Mes frères non plus.

— Votre père m'a appris que Tony avait réparé un vieux camion et qu'il le lui avait donné.

Elle était intelligente et vive. Elle avait déjà compris, le regardait avec plus d'acuité encore.

— Vous avez deviné qu'il viendrait ici.

— Je me suis souvenu qu'il y avait passé plusieurs mois quand il était enfant et qu'il m'avait souvent parlé de camions.

— Ainsi, c'est vous Eddie.

Son regard le gênait. Il s'efforçait de lui sourire.

— Je suis content de faire votre connaissance, balbutia-t-il.

— Qu'est-ce que vous voulez à Tony ?

Elle ne souriait pas, elle, et continuait à l'étudier d'un œil réfléchi, cependant que Mme Felici se faisait toute petite dans son coin.

Qu'est-ce que Tony avait raconté aux Felici ? Est-ce qu'ils savaient ? L'avaient-ils accueilli quand même ?

— Qu'est-ce que vous lui voulez ? répéta Nora sur un ton qui indiquait de la suite dans les idées.

— J'ai des choses à lui dire.

— Lesquelles ?

— Je vous laisse…, murmura la maîtresse de maison.

— Mais non.

— Il faut que j'aille préparer le déjeuner.

Elle pénétra dans une cuisine, dont elle referma la porte.

— Qu'est-ce que vous lui voulez ?

— Il est en danger.

— Pourquoi ?

De quel droit, en fin de compte, lui parlait-elle sur le ton d'un District Attorney ? Si Tony était en danger, si lui-même se trouvait dans l'embarras, si des années d'efforts étaient mises en jeu, n'était-ce pas à cause de cette fille ?

— Certaines gens qui ont peur qu'il parle, répliqua-t-il d'une voix plus dure.

— Ces gens savent où il est ?

— Pas encore.

— Vous le leur apprendrez ?

— Ils finiront par le trouver.

— Et alors ?

— Ils pourraient vouloir le faire taire coûte que coûte.

— C'est eux qui vous ont envoyé ?

Il eut le malheur d'hésiter. Il eut beau nier ensuite, elle s'était fait une conviction.

— Qu'est-ce qu'ils vous ont dit ? De quelle commission vous ont-ils chargé ?

C'était curieux, elle était très féminine, il n'y avait rien de dur dans ses traits, au contraire, encore moins dans les lignes de son corps ; pourtant on sentait en elle plus de volonté que chez un homme. Elle n'avait pas aimé Eddie dès le premier coup d'œil. Peut-être, d'avance, ne l'aimait-elle pas. Tony avait dû lui parler de lui et de

Gino. Préférait-elle Gino ? Détestait-elle en bloc toute la famille, en dehors de Tony ?

Il y avait de la colère dans ses yeux sombres, un frémissement des lèvres quand elle lui adressait la parole.

— Si votre frère n'était pas allé trouver la police..., attaqua-t-il, pris de colère à son tour.

— Qu'est-ce que vous dites ? Vous osez prétendre que mon frère...

Elle s'était levée, lui faisait face, le ventre en avant. Il pensa qu'elle allait se jeter sur lui, et il ne pouvait pas s'en prendre à une femme enceinte.

— Votre frère, oui, celui qui travaille à la General Electric. Il a répété à la police ce que vous lui avez dit au sujet de Tony.

— Ce n'est pas vrai !

— C'est vrai.

— Vous mentez !

— Écoutez... Calmez-vous... Je vous jure que...

— Vous mentez !

Comment aurait-il pu prévoir qu'il se trouverait dans une situation aussi ridicule ? De l'autre côté de la porte, Mme Felici devait entendre les éclats de voix. La gamine les entendit de la véranda, ouvrit la porte, montra un visage apeuré.

— Qu'est-ce que tu as, tante Nora ?

Celle-ci était donc considérée dans la maison comme de la famille. On devait dire aussi : oncle Tony !

— Ce n'est rien, chérie. Nous discutons.

— De quoi ?

— De questions que tu ne peux pas comprendre.

— C'est à lui qu'il ne fallait pas que je parle ?

Ainsi Tony et sa femme avaient tout dit aux Felici.

Ils craignaient qu'on vienne se renseigner sur leur compte. On avait recommandé à l'enfant, si un monsieur se présentait et lui posait des questions…

Il attendait la réponse de Nora, et celle-ci, comme pour se venger, laissait tomber :

— C'est à lui, oui.

Elle palpitait encore de la tête aux pieds.

7

Ils étaient toujours à se mesurer, le regard brillant, la respiration forte, quand un gros camion, qui venait de la direction des champs, s'arrêta dans un frémissement de ferraille au pied de la véranda. De la place qu'il occupait, Eddie ne pouvait voir par la fenêtre, mais, à l'expression anxieuse de Nora, il comprit que c'était Tony.

Sans doute travaillait-il là-bas avec les hommes et avait-il aperçu le taxi ? Si celui-ci était reparti tout de suite, Tony ne se serait peut-être pas inquiété, mais son stationnement prolongé l'avait décidé à venir voir.

Les trois personnages, dans la pièce, l'entendaient monter les marches du perron, et chacun restait figé dans la pose exacte où le bruit du camion l'avait surpris.

La porte s'ouvrit d'une poussée. Tony portait un pantalon de toile bleue, et son torse était moulé dans un sous-vêtement blanc qui laissait les bras et la plus grande partie des épaules à découvert. Il était très musclé. Le soleil avait tanné sa peau.

A la vue de son frère, il s'arrêta net. Ses sourcils, qu'il avait très épais et très noirs, se fronçaient, et une barre verticale divisait son front en deux parties inégales.

Avant qu'une parole fût prononcée, la petite fille s'était précipitée vers lui.

— Attention ! oncle Tony, c'est lui.

Tony ne comprenait pas immédiatement, tapotait la tête de la petite fille en regardant sa femme, dans l'attente d'une explication. C'était un regard doux et confiant.

— Bessie m'a demandé si c'était le monsieur à qui elle ne devait pas répondre, et je lui ai dit que oui.

La porte de la cuisine s'ouvrit : on ne fit qu'entrevoir Mme Felici qui tenait à la main une poêle dans laquelle du lard grésillait.

— Bessie ! Viens par ici…

— Mais, maman…

— Viens !

De sorte qu'ils restèrent tous les trois et, au début, ils furent embarrassés de leur personne. A cause de son teint bruni, la cornée, autour des prunelles de Tony, paraissait plus blanche, d'un blanc presque lumineux dans la pénombre de la pièce, ce qui donnait un curieux éclat à ses yeux.

Il expliquait, sans regarder Eddie en face :

— Comme on s'attend toujours à ce que quelqu'un vienne se renseigner, on a dit à la petite…

— Je sais.

Relevant la tête, Tony murmurait, réellement surpris :

— Je ne pensais pas que ce serait toi !

Une pensée le tracassait. Il observait sa femme, puis son frère.

— C'est toi qui t'es souvenu de mes vacances ici ?

Il n'y croyait visiblement pas. Eddie n'était pas en état de mentir sans que cela paraisse.

— Non, avoua-t-il.

— Tu es allé chez maman ?

— Oui.

Nora était appuyée à la table, et son ventre saillait. Tony se rapprochait d'elle tout en parlant et, à la fin, lui posa la main sur l'épaule, d'un geste qu'on sentait familier.

— Maman t'a dit que j'étais ici ?

— Quand elle a appris que tu étais parti avec un camion…

— Comment l'a-t-elle appris ?

— Par moi.

— Tu es allé à White Cloud aussi ?

— Oui.

— Tu comprends, Tony ? intervint sa femme.

Il la calmait d'une pression de main, puis, doucement, lui entourait les épaules de son bras.

— Qu'est-ce que maman t'a dit au juste ?

— Elle m'a rappelé que, quand tu es revenu d'ici, tu étais excité à l'idée de tout ce qu'on pouvait y faire avec un camion.

— Et tu es venu ! laissa tomber Tony, baissant la tête.

Il avait besoin, lui aussi, de mettre de l'ordre dans ses idées. Nora tentait une fois encore de lui dire quelque chose, et il la faisait taire en serrant un peu plus fort son épaule.

— Je me doutais qu'on me trouverait un jour ou l'autre…

Il parlait comme pour lui-même, sans amertume ni révolte, et Eddie avait l'impression de se trouver en présence d'un Tony qu'il ne connaissait pas.

— Je ne prévoyais pas que ce serait toi…

Il releva encore la tête, la secoua pour rejeter une boucle de cheveux qui lui tombait sur l'œil.

— C'est eux qui t'ont envoyé ?

— Sid m'a téléphoné. Plus exactement, il m'a fait téléphoner par Phil pour me dire d'aller le voir à Miami. Il vaudrait mieux que nous causions tranquillement tous les deux.

Il sentit une révolte dans le raidissement de Nora. Si Tony l'avait priée de sortir, elle lui aurait sans doute obéi, mais Tony faisait non de la tête.

— Elle peut tout entendre.

Puis, du regard, il désignait la taille de sa femme, et il y avait sur son visage une expression que son frère ne lui avait jamais vue.

— Tu connais la nouvelle ?

— Oui.

Il ne fut pas davantage question de l'enfant qu'elle attendait.

— De quelle commission t'ont-ils chargé exactement ?

On sentait une pointe de mépris, d'amertume dans sa voix. Eddie avait besoin de tout son sang-froid. C'était important.

— Il faut d'abord que tu saches ce qui s'est passé.

— Ils ont besoin de moi ? ricana Tony.

— Non. C'est plus grave, c'est même très grave. Je te demande de bien m'écouter.

— Il va mentir…, annonça Nora à mi-voix.

Et sa main saisissait la main de l'homme qui reposait sur son épaule, pour faire davantage bloc avec lui.

— Laisse-le dire.

— Ton beau-frère est allé trouver la police.

Frémissante, Nora se révoltait à nouveau :

— Ce n'est pas vrai !

Une fois de plus, Tony l'apaisait d'un geste.

— Comment le sais-tu ?

— Sid a des informateurs dans la maison, tu le sais aussi bien que moi. Pieter Malaks a répété au chef tout ce que tu lui as dit.

— Je ne lui ai jamais parlé.

— Tout ce que sa sœur lui a dit.

Tony la calmait toujours. Il n'avait aucune colère contre elle. Eddie ne l'avait jamais vu aussi calme, aussi réfléchi.

— Et alors ?

— Il prétend que tu étais prêt à parler. C'est vrai ?

Tony retira son bras de l'épaule de Nora pour allumer une cigarette. Il était maintenant campé à deux mètres d'Eddie, qu'il regardait bien en face.

— Qu'est-ce que tu en penses, toi ?

Eddie, avant de répondre, jeta un coup d'œil dans la direction de la femme enceinte, comme pour expliquer sa réponse.

— Je ne le croyais pas. Je ne sais plus.

— Et Sid ? Et les autres ?

— Sid ne veut pas courir de risque.

Après un silence, Eddie demanda à nouveau :

— C'est vrai ?

Ce fut au tour de Tony de regarder sa femme. Au lieu de répondre directement, il murmura :

— Je n'ai rien dit à mon beau-frère.

— Il n'en a pas moins vu le chef de la police et, probablement, le District Attorney.

— Il a cru bien faire. Je le comprends. Je comprends aussi pourquoi Nora lui a parlé. Pieter ne voulait pas qu'elle m'épouse. Il n'avait pas tellement tort. Il s'était renseigné sur mon compte.

Il alla ouvrir un placard, où il prit une bouteille de vin.

— Tu en veux ?

— Non, merci.

— C'est ton droit.

Il s'en versa un verre qu'il but d'un trait. C'était du chianti, comme chez leur mère. Il allait remplir son verre à nouveau quand Nora lui souffla :

— Attention ! Tony.

Il hésita, faillit se servir quand même, regarda son frère et sourit en posant sur la table la bouteille entourée de paille.

— Donc tu as vu Sid, et il t'a chargé d'une commission pour moi.

Il avait repris sa place, le dos à la table, le bras autour des épaules de Nora.

— Je t'écoute.

— Je suppose que tu comprends que, après ce qu'on lui a raconté, la police est anxieuse de te mettre la main dessus.

— C'est normal.

— Ils se figurent qu'ils ont enfin le témoin qu'ils cherchent depuis longtemps.

— Oui.

— Ils ont raison ?

Au lieu de répondre. Tony laissa tomber :

— Continue.

— Sid et les autres ne peuvent pas prendre un risque pareil.

Pour la première fois, Tony devint agressif.

— Ce qui m'étonne, dit-il, avec un retroussis des lèvres qu'Eddie reconnaissait, c'est que c'est toi qu'ils ont envoyé et non pas Gino.

— Pourquoi ?

— Parce que Gino est un tueur.

Même Nora frémit. Eddie, lui, était devenu pâle.

— J'attends la suite ! prononçait Tony.

— Tu remarqueras que tu ne m'as pas encore dit si tu parlerais ou non.

— Après ?

— Les craintes de Sid ne sont donc pas tellement ridicules. Pendant des années, on t'a fait confiance.

— Parbleu !

— Le sort de quantité de gens, la vie de quelques-uns dépendent de ce que tu pourrais dire ou ne pas dire.

Une fois encore, Nora ouvrit la bouche, et Tony la fit taire. Son geste était toujours tendre, protecteur.

— Laisse-le parler.

Eddie commençait à se mettre en colère. Il n'aimait pas l'attitude de son frère. Il y sentait une critique à son égard et il avait l'impression que, depuis le début, Tony le regardait avec une ironie méprisante, comme s'il lisait au fond de sa pensée.

— Ils ne t'en veulent pas.

— Vraiment ?

— Ils désirent seulement te mettre à l'abri.

— Sous trois pieds de terre ?

— Comme dit Sid, l'Amérique n'est plus assez grande pour toi. Si tu passais en Europe, comme d'autres l'ont fait avant toi, tu serais tranquille, ta femme aussi.

— Ils seraient tranquilles, eux ?

— Sid m'a affirmé que...

— Tu l'as cru.

— Mais...

— Avoue que tu ne l'as pas cru. Ils savent aussi bien

que toi et moi que c'est en passant la frontière que je risque de me faire pincer. Si ce que tu m'as raconté est vrai...

— C'est vrai !

— Admettons-le. Dans ce cas, mon signalement a été lancé partout.

— Tu pourrais passer par le Mexique et t'embarquer là-bas. La frontière est à dix milles.

Eddie ne se souvenait pas d'un Tony aussi musclé, aussi mâle. S'il faisait encore très jeune, à cause de ses cheveux bouclés et de son regard ardent, il donnait l'impression d'un homme.

— Qu'est-ce que Gino en pense ?

— Je n'ai pas vu Gino.

Il avait mal dit ça.

— Tu mens, Eddie.

— Ils ont envoyé Gino en Californie.

— Et Joe ?

— Chez moi, à Santa Clara.

— Et Vettori ?

— On ne m'en a pas parlé.

— Maman sait que tu es ici ?

— Non.

— Tu lui as répété les paroles de Sid ?

Il hésita. C'était trop difficile de mentir à Tony.

— Non.

— En somme, tu es allé la voir pour lui tirer les vers du nez.

Tony se dirigeait vers la porte qu'il ouvrait et qui dessinait soudain un rectangle de lumière si vive que les yeux en étaient éblouis. Il regardait, la main en visière, en direction de la route.

Quand il revint vers la table, il murmura, l'air réfléchi :

— Ils t'ont laissé venir seul.

— Je ne serais pas venu autrement.

— Cela signifie qu'ils ont confiance en toi, n'est-ce pas ? Ils ont toujours eu confiance en toi.

— En toi aussi ! riposta Eddie, anxieux de marquer un point.

— Ce n'est pas la même chose. Moi, je n'étais qu'un comparse, à qui on confiait des besognes déterminées.

— Personne ne t'a jamais obligé de les accepter.

Il avait besoin d'être méchant, pas tant à cause de Tony qu'à cause de Nora dont il sentait la haine. Ce n'était pas seulement un couple qu'il avait devant lui, mais, à cause du ventre de la femme, c'était déjà une famille, presque un clan.

— Tu n'as pas attendu qu'on te le demande pour voler des autos, et je me souviens de...

C'est avec une pointe de tristesse plutôt qu'avec indignation que Tony murmura :

— Tout ce que tu pourras dire, elle le sait. Tu te souviens de la maison, de la rue, des gens qui fréquentaient la boutique de maman ? Tu te rappelles nos jeux à la sortie de l'école ?

Tony n'insistait pas, suivait sa pensée, et à voix presque basse :

— Seulement, toi, ce n'est pas la même chose. Cela n'a jamais été la même chose.

— Je ne comprends pas.

— Si.

C'était vrai. Il comprenait. Il y avait toujours existé une différence entre lui et ses frères, qu'il s'agît de Gino ou de

Tony. Ils ne s'étaient jamais expliqués là-dessus. Ce n'était pas le moment de le faire, à plus forte raison devant une étrangère. Et, pour lui, Nora était une étrangère. Tony avait eu tort de parler à sa femme comme il l'avait fait. Depuis treize ans qu'Eddie était marié avec Alice, il ne lui avait pas fait une seule confidence qui puisse mettre l'organisation en danger.

Cela ne servait à rien de discuter ces questions-là avec Tony. D'autres garçons étaient devenus amoureux comme lui. Pas beaucoup. Et tous éprouvaient alors le besoin de défier le monde entier. Plus rien ne comptait à leurs yeux qu'une femme. Le reste leur était égal.

Cela avait toujours mal tourné. Sid le savait bien, lui aussi.

— Quand crois-tu qu'ils viendront ?

Nora frissonna des pieds à la tête et se tourna vers son mari, comme si elle allait se jeter sur sa poitrine.

— Ils demandent seulement que tu ailles en Europe.

— Ne me traite pas en enfant.

— Je ne serais pas venu s'il en avait été autrement.

Encore avec la même simplicité, Tony répondait par un accusateur :

— *Si !*

Et, une certaine lassitude dans la voix :

— Tu as toujours fait, tu feras toujours ce qu'il faudra. Je me souviens qu'un soir tu m'as expliqué ton point de vue, un des rares soirs où je t'ai vu à moitié ivre.

— Où étions-nous ?

— Nous marchions dans Greenwich Village. Il faisait chaud. Dans un restaurant, tu m'avais désigné un des grands patrons que tu contemplais de loin avec une admiration tremblante.

» — *Vois-tu, Tony*, me disais-tu, *il y a des gars qui se figurent qu'ils sont malins parce qu'ils parlent fort.*

» Veux-tu que je te répète ton discours ? Je pourrais encore retrouver tes phrases, surtout au sujet de la règle.

— Il aurait mieux valu que tu la suives.

— Cela t'aurait économisé le voyage à Miami, puis à White Cloud, à Brooklyn, où maman doit se demander ce que tu es allé faire, enfin ici. Remarque que je ne t'en veux pas. Tu es comme ça.

Changeant soudain de voix, de visage, avec l'air de discuter une affaire :

— Parlons simplement, sans tricher.

— Ce n'est pas moi qui triche.

— Bon ! Parlons quand même franchement. Tu n'ignores pas pourquoi Sid et Boston Phil t'ont fait venir à Miami. Ils ont besoin de savoir où je suis. S'ils l'avaient su, ils n'auraient pas eu besoin de toi.

— Ce n'est pas sûr.

— Aie au moins le courage de regarder la vérité en face. Ils t'ont convoqué et t'ont parlé comme des patrons parlent à un employé de confiance, à une sorte de chef de rayon ou d'adjudant. Tu m'as souvent fait penser à un chef de rayon.

Pour la première fois, un sourire éclaira le visage de Nora qui caressa la main de son mari.

— Je te remercie.

— Si cela te fait plaisir. Ils t'ont annoncé que ton frère était un traître en train de déshonorer la famille.

— Ce n'est pas vrai.

— C'est ce que tu as pensé. Non seulement la déshonorer, mais la compromettre, et ça, c'est plus grave.

Eddie était en train de découvrir un homme qu'il n'avait jamais soupçonné. Pour lui, Tony était resté le frère cadet, un bon garçon, épris de mécanique, qui courait les filles et faisait le faraud dans les bars. Si on le lui avait demandé, il aurait probablement répondu que Tony avait pour lui une vive admiration.

Fallait-il croire que Tony pensait par lui-même ? Ou bien ne faisait-il que répéter les phrases que Nora lui avait apprises ?

La chaleur était accablante. La maison n'avait pas l'air conditionné. Tony se servait de temps en temps, d'une main, une gorgée de vin, sans que l'autre main quittât l'épaule de sa femme.

Eddie avait soif aussi. Pour avoir de l'eau, il aurait fallu ouvrir la porte de la cuisine où se tenaient Mme Felici et sa fille. Il finit par aller prendre un verre dans l'armoire et par se servir un fond de vin.

— A la bonne heure ! Tu devais avoir peur de perdre tes moyens en buvant. Tu peux t'asseoir, bien que je n'en aie plus long à te dire.

Ce fut à ce moment-là que Tony lui rappela son rêve. Il ne ressemblait pas à l'homme en matière de poupée qui l'attendait, avec leur père, dans la boîte aux lettres, et pourtant il avait son sourire.

C'était difficile à expliquer. Dans son rêve aussi, Tony avait quelque chose d'enjoué, de très jeune, de « comme délivré », en même temps qu'une étrange qualité de mélancolie.

Comme si les dès étaient jetés ! Comme s'il ne se faisait plus aucune illusion. Comme s'il avait franchi un cap au-delà duquel on sait tout, on regarde tout avec des yeux nouveaux.

L'espace d'une seconde, Eddie le vit mort. Il s'assit, croisa les jambes, alluma une cigarette d'une main qui tremblait.

— Où est-ce que j'en étais ? disait Tony. Laisse-moi finir, Nora.

Car celle-ci avait encore ouvert la bouche.

— Il vaut mieux qu'Eddie et moi allions jusqu'au fond, une fois pour toutes. C'est mon frère. Nous sommes sortis du même ventre. Pendant des années, nous avons dormi dans le même lit. Quand j'avais cinq ans, on me le donnait comme exemple.

» Bon ! Revenons aux choses sérieuses. Il n'est pas impossible qu'ils t'aient chargé de la proposition que tu m'as faite.

— Je te jure…

— Je le crois. Quand tu mens, cela se lit sur ta figure. Seulement, tu savais fort bien que ce n'était pas ça qu'ils voulaient. Tu as compris, depuis le début, qu'ils n'ont pas envie de me voir passer la frontière. La preuve, c'est que tu n'en as pas parlé à maman.

— Je ne désirais pas l'inquiéter.

Tony haussa les épaules.

— Et j'avais peur qu'elle parle.

— Maman n'a jamais dit un mot qu'elle ne devait pas dire. Pas même à nous. Je parie que tu ignores encore qu'elle rachète les objets volés par les jeunes gens qui fréquentent sa boutique.

Eddie l'en avait toujours soupçonnée, mais sans en avoir la preuve.

— Je l'ai découvert par hasard. Vois-tu, Eddie, tu es avec eux, entièrement, aujourd'hui comme hier et comme toujours. Tu es avec eux parce que tu l'as décidé une bonne fois et que tu as bâti ta vie là-dessus.

» S'ils te demandaient crûment ce qu'il faut faire de moi…

Eddie eut un geste de protestation.

— Chut ! Si tu faisais partie d'une sorte de tribunal et si on le posait la question, au nom de l'organisation, ta réponse serait identique à la leur.

» J'ignore ce qu'ils font en ce moment. Vraisemblablement, ils t'attendent à ton hôtel. Tu es descendu au *Presidio ?*

» Grâce à toi, ils savent où je suis. Ils le sauront même si tu leur jures que tu ne m'as pas vu.

Jamais on ne l'avait regardé avec autant de haine qu'il en lisait dans les yeux de Nora, toujours davantage collée à son mari.

Était-ce à une pensée de sa femme que Tony répondait en poursuivant d'une voix indifférente :

— Même si je te tuais, ici, pour t'empêcher de les rejoindre, ils sauraient. Ils savent déjà.

» Et toi, dès Miami, dès le moment où tu t'es mis à ma recherche, tu savais qu'ils sauraient.

» C'est cela que je tenais à te dire. Que je ne suis pas dupe. Il ne faut pas que tu le sois non plus.

— Écoute, Tony…

— Pas encore. Je ne t'en veux pas. J'ai toujours prévu que tu agirais de la sorte si l'occasion s'en présentait.

» J'aurais préféré ne pas être l'occasion, voilà tout.

» Tu t'arrangeras avec maman. Tu t'arrangeras avec ta conscience.

C'était la première fois qu'Eddie l'entendait prononcer ce mot-là. Il le faisait légèrement, sur un mode presque badin.

— Cette fois-ci, j'ai fini.

— A mon tour de dire quelque chose !

Nora parlait. Elle s'était dégagée et avait fait un pas dans la direction d'Eddie.

— Si on touche à un cheveu de Tony, c'est moi qui leur raconterai tout.

Tony sourit franchement, d'un sourire jeune et gai, secoua la tête.

— Cela ne servirait à rien, mon petit. Pour que ton témoignage ait de la valeur, vois-tu, il faudrait que tu assistes vraiment à…

— Je ne te quitterai plus un instant.

— Alors ils te feront taire aussi.

— J'aime mieux ça.

— Moi pas.

— Je n'ai pas essayé d'interrompre, murmura Eddie.

— A quoi bon ?

— Je ne suis pas venu pour ça.

— Pas encore, non.

— Je ne leur révélerai pas où…

— Ils n'en ont plus besoin. Tu es venu. Cela suffit.

— Je téléphonerai à la police, s'écria Nora.

Son mari hocha la tête.

— Non.

— Pourquoi ?

— Cela ne servirait à rien non plus.

— La police ne les laisserait pas…

On entendit des pas lourds sur les marches de bois de la véranda. Un homme, dehors, secouait la terre de ses bottes, ouvrait la porte, restait immobile sur le seuil.

— Entre, Marco.

Il avait une cinquantaine d'années, et, quand il retira son chapeau de paille à large bord, on vit des cheveux d'un beau gris uni. Les yeux étaient bleus, son teint bronzé. Il portait le même pantalon que Tony et le même sous-vêtement blanc.

— Mon frère Eddie, qui est venu me voir de Miami.

A Eddie :

— Tu te souviens de Marco Felici ?

Une sorte de trêve s'établissait. Peut-être l'orage était-il fini ? Marco, encore hésitant, tendait sa main terreuse.

— Vous déjeunez avec nous ? Où est ma femme ?

— Dans la cuisine, avec Bessie. Elle a tenu à nous laisser en famille.

— Je vais les rejoindre.

— Ce n'est plus la peine. Nous avons fini. N'est-ce pas, Eddie ?

Celui-ci fit oui de la tête, à contrecœur.

— Un verre de vin, Marco ?

L'étrange sourire était revenu sur les lèvres de Tony. C'est lui qui alla chercher un troisième verre. Après une hésitation, il en prit un quatrième, remplit les deux autres aussi, le sien et celui de son frère.

— Peut-être pourrions-nous trinquer ?

Il y eut un drôle de bruit dans la gorge d'Eddie. Nora le regarda vivement, mais ne comprit pas, et il fut le seul à savoir que c'était un sanglot qui avait failli éclater.

— A notre réunion !

La main de Tony ne tremblait pas. Il avait vraiment l'air gai, léger, comme si la vie était une chose futile et plaisante. Eddie était obligé, pour garder son sang-froid, de détourner le regard.

Marco, qui soupçonnait quelque chose, les épiait tour à tour, et ce n'était pas de bon cœur qu'il levait son verre.

— Toi aussi, Nora.

— Je ne bois jamais.

— Seulement cette fois-ci.

Elle se tourna vers son mari pour savoir s'il parlait sérieusement et comprit qu'il désirait qu'elle boive.

— A ta santé, Eddie !

Eddie voulu répondre, selon la formule : « A la tienne ! »

Il ne put pas, porta le verre à ses lèvres. Nora ne faisait, sans le quitter des yeux, que tremper les siennes dans le vin.

Tony, lui, avalait d'un trait jusqu'à la dernière goutte et retournait le verre vide sur la table.

Eddie balbutiait :

— Il faut que je m'en aille.

— Oui. Il est temps.

Il n'osait pas serrer les mains, cherchait son chapeau autour de lui. Le plus curieux, c'est qu'il avait l'impression d'avoir déjà vécu cette scène-là. Jusqu'au ventre de Nora qui lui était familier.

— Au revoir.

Il avait failli dire adieu. Le mot l'avait effrayé. Et pourtant il se rendait compte qu'« au revoir » était pire et pouvait sonner comme une menace.

Ce n'était pas son intention de menacer. Il était sincèrement ému, sentait de l'eau tiède dans ses yeux, tandis qu'il marchait vers la porte.

On ne fit rien pour l'empêcher de partir. Pas un mot ne fut prononcé. Il ignorait si on le regardait, si la main de Tony se serrait sur l'épaule de Nora. Il n'osait pas se retourner.

Il ouvrit la porte et pénétra dans un bloc de chaleur. Le chauffeur, qui s'était mis à l'ombre, se dirigea vers son siège. La portière claqua. Tout ce qu'il vit fut la petite fille, à la fenêtre de la cuisine, qui se penchait pour le regarder partir et lui tirait la langue.

— El Centro ?

— Oui.

— A l'hôtel ?

Il lui sembla qu'il entendait le bruit d'une auto démarrant quelque part. Il ne voyait rien dans les champs. Une partie de la route lui était cachée par une maison.

Il faillit poser la question au chauffeur, n'en eut pas le courage. Jamais, de sa vie, il ne s'était senti le corps et la tête aussi vides. L'air, dans le taxi, était surchauffé, et, comme on roulait dans le soleil, ses oreilles se mirent à bourdonner. Sa bouche sèche avait un goût métallique, et, même quand il fermait les paupières, des points noirs dansaient devant ses yeux.

Il eut peur. Il avait assisté à des cas d'insolation. On traversait le village. On passait devant la quincaillerie.

— Arrêtez un instant…

Il avait besoin d'un verre d'eau fraîche. Il avait besoin d'être un moment à l'ombre pour se reprendre.

— Ça ne va pas ?

Il souhaitait presque s'évanouir en traversant le trottoir. Et être malade pendant quelques jours. Ne plus avoir à penser, à décider.

Le commis n'eut qu'à le regarder pour comprendre et alla tout de suite lui chercher un gobelet en carton plein d'eau glacée.

— Ne buvez pas trop vite. Je vous apporte une chaise.

C'était ridicule. Tony l'aurait sûrement accusé de jouer la comédie, Nora, en tout cas, qui pendant leur entretien l'avait couvé d'un regard noir de haine.

— Un autre, s'il vous plaît.

— Prenez le temps de respirer.

Le chauffeur était entré derrière lui et attendait en homme habitué à ces sortes d'incidents.

Soudain, comme il portait le second gobelet à sa bouche, Eddie eut un haut-le-cœur. C'est tout juste s'il se pencha à temps. Il vomissait, d'un grand jet que le vin rendait violet, entre les tondeuses à gazon et les seaux galvanisés, balbutiait, les yeux pleins d'eau :

— Je vous demande pardon… C'est… c'est stupide.

Les deux autres échangeaient des clins d'œil. Pour l'aider, alors qu'il s'étranglait, le commis lui donna de grandes tapes dans le dos.

— Vous avez eu tort de boire du vin rouge, disait le chauffeur, sentencieux.

Et lui, pitoyable, entre ses hoquets :

— On… on… on a voulu !

8

Le concierge lui avait tendu sa clef sans rien dire, comme sans le voir. Le garçon d'ascenseur, pendant que la cabine montait, avait tenu le regard fixé sur le revers du veston d'Eddie où il y avait une tache violette.

Eddie rentrait dans sa chambre avec l'idée de se jeter sur son lit. En poussant la porte, il laissait déjà aller ses nerfs, cessait de contrôler l'expression de son visage. Il ne savait pas de quoi il avait l'air ainsi. Il avait fait un pas dans la pièce quand il lui vint à l'esprit qu'il n'avait pas pris le soin de tourner la clef dans la serrure.

Au même instant, il vit l'homme et, avant que son cerveau pût travailler, la terreur l'immobilisa, avec une affreuse sensation le long de l'échine. Cela avait été automatique, comme le fait de pousser un bouton allume la lumière ou déclenche un moteur. Il n'avait pas réfléchi. Simplement il avait cru que son tour était arrivé, et il n'y avait plus eu de salive dans sa bouche.

Il en avait connu des douzaines qui avaient fini ainsi, et, parmi eux, des garçons qui avaient été ses camarades. Parfois, il était encore à boire un verre avec eux à dix heures du soir, par exemple, et, à onze heures ou minuit, en rentrant chez eux, ils trouvaient deux hommes qui les attendaient et qui n'avaient besoin de rien dire.

Il lui était arrivé de se demander ce que l'on pense à ce moment-là, puis, un peu plus tard, dans l'auto qui roule vers un terrain vague ou vers une rivière, alors que, pour quelques minutes encore, on frôle des lumières, des passants, qu'on s'arrête même sous un feu rouge, au pied duquel on aperçoit l'uniforme d'un sergent de ville.

Cela n'avait duré que quelques secondes. Il était persuadé que ses traits n'avaient pas bougé. Mais il savait aussi que l'homme avait tout vu, d'abord ce vide qui était en lui quand il avait poussé la porte, ce relâchement de sa chair et de son cerveau, puis ce courant électrique de la peur, et maintenant, enfin, le sang-froid qui lui revenait, avec son esprit qui travaillait très vite.

Ce n'était pas ce qu'il avait craint, car son visiteur était seul, et, pour ce genre de promenade-là, ils sont toujours deux, plus celui qui attend, dehors, dans l'auto.

En outre, l'homme n'avait pas le type. C'était quelqu'un d'important. Les gens de l'hôtel n'auraient pas laissé un inconnu entrer dans sa chambre. Non seulement il s'y était installé, mais il avait sonné pour appeler le garçon et lui commander de l'eau gazeuse et de la glace. Quant au whisky, il avait pris celui de la bouteille plate qui, entamée, était encore sur le guéridon, à côté du verre.

— *Take it easy, son !* disait-il sans lâcher son gros cigare dont l'odeur avait eu le temps d'envahir la chambre.

Ce qui pouvait se traduire par : Ne te frappe pas, fils !

Il avait plus de soixante ans, peut-être près de soixante-dix. Il avait beaucoup vu, reconnaissait tous les signes.

— *Call me Mike !*

Appelle-moi Mike ! Il ne fallait pas s'y tromper. Ce n'était pas la permission d'être familier n'importe comment. Il s'agissait de cette familiarité respectueuse dont, dans certains groupes, dans certaines petites villes, on entoure le personnage qui compte.

Il avait l'air d'un politicien, d'un sénateur d'État, ou du maire, ou encore de celui qui dirige la machine électorale et fait les juges aussi bien que les sheriffs. Il aurait pu jouer n'importe lequel de ces rôles au cinéma, surtout dans un *western*, il le savait, et on devinait que cela lui faisait plaisir, qu'il fignolait la ressemblance.

— Un *highball* ? proposait-il en désignant la bouteille plate.

— Je ne bois jamais.

Alors le regard de Mike s'arrêta sur la tache de vin. Il ne se donna pas la peine de sourire, d'être narquois. Ce ne fut qu'un furtif mouvement des prunelles, et cela suffisait.

— Assieds-toi.

Il portait un complet, non de toile blanche, mais de shantung, et une cravate peinte à la main qui avait dû coûter trente ou quarante dollars. Il avait gardé son chapeau sur la tête, comme il devait le garder n'importe où, un *stetson* à large bord d'un gris presque blanc, sans une tache ni un grain de poussière.

Le fauteuil qu'il avait désigné à Eddie se trouvait près du téléphone. D'un doigt paresseux, il montra l'appareil.

— Il faut que tu appelles Phil.

Eddie ne discuta pas, décrocha, demanda le numéro de Miami. Et, pendant qu'il attendait, le récepteur à l'oreille,

Mike fumait toujours son cigare en le regardant avec indifférence.

— Allô ! Phil !

— Qui parle ?

— Eddie.

— Oui.

— Je… On me dit…

— Un instant, que j'aille fermer la porte.

Ce n'était pas vrai. Phil restait trop longtemps silencieux. Ou il était allé s'entretenir avec quelqu'un, ou il le faisait exprès pour démonter Eddie.

— Allô !… Allô !…

— Ça va. J'entends.

Encore un silence. Eddie évitait de parler le premier.

— Mike est là ?

— Dans la chambre, oui.

— Bien.

Encore un silence. Eddie aurait juré qu'il entendait le bruit de la mer, mais ce n'était évidemment pas possible.

— Tu as vu Gino ?

Il se demanda s'il avait bien entendu le prénom, ou si Phil ne se trompait pas de frère. Il ne s'attendait pas à ce qu'on lui parle de celui-là. Il n'eut pas le temps de réfléchir. Il mentit, sans penser aux conséquences.

— Non. Pourquoi ?

— Parce qu'il n'est pas arrivé à San Diego.

— Ah !

— Il devrait y être depuis hier.

Il savait que Mike l'observait toujours, et cela l'obligeait à surveiller ses expressions de physionomie. Son cerveau travaillait vite, plutôt par images, comme tout à l'heure quand il avait pensé à la promenade en auto. C'était un peu la même image, d'ailleurs, avec des personnages différents. Si cela n'avait pas été Phil qui lui parlait, mais par exemple Sid Kubik, cette idée ne lui serait pas venue.

Phil était vicieux. Eddie avait toujours su qu'il ne l'aimait pas, ne devait aimer aucun des frères Rico.

Pourquoi avait-il téléphoné à San Diego, alors que c'était de Tony qu'il s'agissait ?

Gino était un tueur. San Diego était près d'El Centro, deux heures en auto, moins d'une heure en avion.

Phil était déjà parvenu à réunir deux des frères…

— Allô ! disait Eddie dans l'appareil.

— Je me demandais si Gino n'était pas passé te voir à Santa Clara.

Il était obligé de continuer son mensonge.

— Non.

Cela pouvait être grave. Il n'avait jamais fait ça. C'était à l'encontre de tous ses principes. S'ils savaient qu'il mentait, ils auraient raison, désormais, de se méfier de lui.

— On l'a vu à La Nouvelle-Orléans.

— Ah !

— Il descendait d'un car.

Pourquoi continuait-on à lui parler de Gino et non de Tony ? Il y avait une raison. Phil ne faisait rien sans raison. Il était de première importance pour Eddie de deviner ce que son interlocuteur avait dans la tête.

— On croit l'avoir revu à bord d'un bateau qui appareillait pour l'Amérique du Sud.

Il sentait que cela devait être vrai.

— Pourquoi aurait-il fait ça ? protesta-t-il néanmoins.

— Je ne sais pas. Tu es de la famille. Tu le connais mieux que moi.

— Je ne suis au courant de rien. Il ne m'a rien dit.

— Tu l'as vu ?

— Je veux dire qu'il ne m'a rien écrit.

— Tu as reçu une lettre ?

— Non.

— Comment est Tony ?

Maintenant, il devinait. On lui avait fait peur en lui parlant de Gino. On n'avait rien inventé, mais on s'était servi de la vérité. C'était une façon de le préparer à l'affaire de Tony.

Il ne pouvait pas mentir à nouveau. D'ailleurs Mike était là, qui savait et qui fumait toujours son cigare en silence.

— Je lui ai parlé.

Il continua, volubile :

— J'ai vu sa femme aussi. Elle attend un bébé. J'ai expliqué à mon frère…

Phil lui coupa la parole.

— Mike a reçu des instructions. Tu entends ? Il te dira ce qu'il faut faire.

— Oui.

— Sid est d'accord. Il est ici. Tu veux qu'il te le confirme ?

Il répéta :

— Oui.

Ce n'est qu'après coup qu'il se rendit compte que cela lui donnait l'air de se méfier de Phil.

— Je te le passe.

Il entendit un murmure, puis la voix et l'accent de Kubik.

— Mike La Motte va s'occuper de tout. N'essaie pas de jouer les malins avec lui. Il est près de toi ?

— Oui.

— Passe-le-moi.

— Kubik désire vous parler.

— Qu'attends-tu pour me donner l'appareil ? Le fil n'est pas assez long ?

Il l'était.

— Allô ! vieux frère !

C'était surtout à l'autre bout qu'on parlait, et Eddie entendait la voix lointaine de Kubik, sans discerner les mots. Mike approuvait par monosyllabes, ou par petites phrases.

Maintenant qu'il connaissait son nom. Eddie le regardait avec d'autres yeux. Il ne s'était pas trompé en pensant que c'était un personnage important. Ce qu'il faisait à présent, il l'ignorait, car on ne parlait plus beaucoup de lui. Mais il y avait eu un temps où son nom était à la première page des journaux.

Michel La Motte, dit Mike, qui devait être d'origine canadienne, avait été, sur la côte Ouest, un des grands barons de la bière pendant l'ère de la prohibition.

L'organisation n'existait pas encore. Les alliances se nouaient et se dénouaient. Le plus souvent, les chefs se battaient entre eux pour un territoire, parfois pour un stock d'alcool, pour un camion.

Par le fait qu'il n'y avait pas d'organisation, il n'y avait pas de hiérarchie, ni de spécialisation. On avait la plus grande partie de la population pour soi, la police aussi, et un bon nombre de politiciens.

La bataille se jouait surtout entre les clans, entre les chefs.

Non seulement La Motte, qui avait débuté dans un quartier de San Francisco, s'était annexé la Californie entière, mais il avait étendu ses opérations jusqu'aux premiers États du Middle West.

Quand les frères Rico n'étaient que des gamins rôdant dans les rues de Brooklyn, on prétendait que Mike s'était débarrassé, de sa main, de plus de vingt concurrents. Il en avait descendu quelques autres, de sa propre bande, qui s'avisaient de parler trop haut.

On avait fini par l'arrêter, mais on n'avait pu élever contre lui aucune charge d'homicide. C'est pour fraude fiscale qu'on l'avait condamné et envoyé passer quelques années, non à Saint Quentin, comme un prisonnier ordinaire, mais à Alcatraz, la forteresse réservée aux criminels les plus dangereux, plantée sur un roc au milieu de la rade de San Francisco.

Eddie n'avait plus jamais entendu parler de lui. Si on lui avait demandé un peu plus tôt ce qu'il était devenu, il aurait répondu que Mike devait être mort, car c'était déjà un homme d'un certain âge quand lui-même était enfant.

Il le regardait maintenant avec respect, admiration, et cela ne lui paraissait plus comique qu'il essaie de ressembler à un juge ou à un politicien de *western*.

Debout, il devait être très grand et se tenir encore droit. Il n'avait rien perdu de sa carrure. A un certain moment, il souleva son *stetson* pour se gratter la tête, et Eddie vit que ses cheveux étaient restés drus, serrés, d'une blancheur soyeuse qui tranchait avec son teint presque brique.

— Oui... Oui... J'y ai pensé aussi. Ne t'inquiète pas... Le nécessaire sera fait... J'ai téléphoné à Los Angeles... Je n'ai pas pu avoir celui que tu sais au bout du fil, mais, à l'heure qu'il est, il est prévenu... Je les attends tous les deux avant ce soir...

Il avait la voix rauque de ceux qui boivent et fument beaucoup depuis des lustres. Cela aussi faisait très politicien. Dans la rue, tout le monde devait le saluer, des gens venaient lui serrer la main, fiers de leur familiarité avec le grand Mike.

Lors de son procès, on avait saisi plusieurs millions, mais il était probable qu'il n'avait pas tout perdu et qu'il ne s'était pas trouvé sans rien en quittant Alcatraz.

— D'accord, Sid... Il a l'air raisonnable... Je ne crois pas... Je vais le lui demander...

Et, à Eddie :

— Tu as quelque chose à dire à Sid ?

Pas comme ça ! Que pouvait-il lui dire, à brûle-pourpoint ? Il se rendait compte que tout était décidé en dehors de lui.

— Non ! Ça va ! Je te rappellerai quand ce sera fait.

Il tendit le récepteur à Eddie pour qu'il raccroche, but une gorgée de whisky et garda le verre embué dans la main.

— Tu as mangé ?

— Pas depuis ce matin.

— Tu n'as pas faim ?

— Non.

— Tu as tort de ne pas boire un coup.

Peut-être. Peut-être en effet le whisky ferait-il passer l'arrière-goût du vin rouge qu'il avait vomi. Il se servit à boire.

— Sid est un type ! soupira Mike. N'y a-t-il pas eu une histoire avec ton père dans le temps ?

— Mon père a été tué par une balle destinée à Kubik.

— C'est ça ! J'ai compris qu'il t'aimait bien. Il fait assez chaud pour ton goût ?

— Trop.

— Plus qu'en Floride ?

— Ce n'est pas le même genre de chaleur.

— Je ne suis jamais allé là-bas.

Il tira sur son cigare. Il prononçait rarement deux phrases de suite. Était-ce parce que son cerveau était devenu lent, ou son élocution difficile ? Son visage était mou, inconsistant, ses lèvres molles comme des lèvres de bébé, et il y avait toujours du liquide dans ses yeux soulignés de poches. Les prunelles, encore que d'un bleu clair, restaient assez vives pour qu'il fût difficile de les fixer longtemps.

— J'ai soixante-huit ans, fils. Je peux prétendre que j'ai eu une vie bien remplie et je considère qu'elle n'est pas finie. Eh bien ! tu me croiras si tu veux, je n'ai jamais eu la curiosité de dépasser le Texas et l'Oklahoma dans le Sud, l'Utah et l'Idaho dans le Nord. Je ne connais ni New York, ni Chicago, ni Saint Louis, ni La Nouvelle-Orléans.

» A propos de La Nouvelle-Orléans, ton frère Gino a eu tort de s'en aller comme ça.

Il fit tomber de son pantalon un peu de cendre de cigare.

— Passe-moi la bouteille.

Son whisky était devenu trop clair.

— J'oublie combien j'en ai connu qui se croyaient malins et qui ont commis la même erreur. Qu'est-ce que tu penses qu'il va lui arriver ? Là-bas, que ce soit au Brésil ou en Argentine, ou encore au Venezuela, il essayera de prendre contact avec les gens. Il y a des choses qu'on ne peut pas faire seul. Or ils savent déjà comment il est parti et n'ont pas envie de se mettre mal avec les grands patrons d'ici.

C'était vrai, Eddie le savait. Il était surpris du coup de tête de Gino. Cela le troublait d'autant plus qu'il en comprenait confusément la raison.

Il aurait agi de même. C'était peut-être pour l'entraîner avec lui que son frère était venu le voir à Santa Clara. Là, Gino avait compris que ce n'était pas la peine d'en parler.

Eddie en ressentait de la honte. Il essayait de se souvenir du dernier regard de Gino.

— S'il s'obstine à travailler seul, ou il se fera pincer par la police, ou il se heurtera à quelqu'un qui défendra son propre *racket*. Alors quoi ? Il va dégringoler plus ou moins vite et, avant six mois, ce sera un clochard qu'on ramassera sur les trottoirs.

— Gino ne boit pas.

— Il boira.

Pourquoi Mike ne lui parlait-il pas des instructions qu'il avait reçues au sujet de Tony ?

Il écrasait son cigare dans le cendrier, en prenait un autre dans sa poche, retirait avec soin l'enveloppe de cellophane, coupait enfin le bout avec un joli instrument en argent.

Il paraissait préparé à rester longtemps dans cette chambre.

— Je te disais que je n'ai jamais quitté l'Ouest.

Il s'adressait à lui avec condescendance, comme à un très jeune homme. Ignorait-il que, sur la côte du golfe du Mexique, Eddie était presque aussi important qu'il l'était lui-même ici ?

— Eh bien, ce qu'il y a de curieux, c'est que j'ai rencontré dans ma vie tous ceux qui comptent aussi bien à New York que n'importe où. Parce que, vois-tu, tout le monde passe un jour ou l'autre par la Californie.

— Vous n'avez pas faim ?

— Je ne prends jamais rien à midi. Si tu as faim…

— Non.

— Alors assieds-toi et allume une cigarette. Nous avons le temps.

Un instant, Eddie se dit que Tony allait profiter de ce répit pour s'enfuir avec Nora. C'était une idée ridicule. Il était évident qu'un homme comme Mike avait pris ses précautions. Ses gens devaient surveiller la maison des Felici.

On aurait dit que l'autre suivait sa pensée.

— Ton frère est armé ?

Il feignit de s'y tromper.

— Gino ?

— Je parle du petit.

Ce mot lui fit mal. Sa mère aussi disait parfois « le petit ».

— Je ne sais pas. C'est probable.

— Cela n'a pas d'importance.

La chambre était fraîche, grâce à l'air conditionné, mais on n'en sentait pas moins la chaleur. On la sentait dehors. On la sentait peser sur la ville, sur les champs, sur le désert. La lumière était d'un or épais. Même les autos, dans la rue, semblaient pénétrer avec peine un bloc d'air surchauffé.

— Quelle heure est-il ?

— Deux heures et demie.

— On va me téléphoner.

En effet, deux minutes s'étaient à peine écoulées que la sonnerie retentissait. Tout naturellement, Eddie décrocha et, sans mot dire, tendit le récepteur.

— Oui… oui… Bon ! Non ! Rien de changé… Je reste

ici, oui… D'accord… J'attends un coup de fil dès qu'ils arriveront…

Il soupira, se renversa davantage en arrière.

— Ne t'étonne pas si je me mets à sommeiller.

Il ajouta :

— J'ai deux hommes en bas.

Ce n'était pas une menace. Seulement une indication. Il la donnait à Eddie pour lui rendre service, pour lui éviter un faux pas.

Et Eddie n'osait toujours pas le questionner. Il avait un peu l'impression d'être en disgrâce et de le mériter. Il vit Mike sombrer progressivement dans le sommeil et, non sans un certain respect, lui prit son cigare des doigts au moment où il allait tomber.

Ensuite, cela dura près de deux heures. Il ne bougeait pas, restait assis, avec seulement, de loin en loin, un geste pour saisir la bouteille de whisky. Par crainte de faire du bruit, il ne se servait pas d'eau, se contentant de se mouiller les lèvres à même le flacon d'alcool.

Pas une seule fois il ne pensa à Alice, aux enfants, à sa belle maison de Santa Clara, sans doute parce que c'était trop loin, que cela lui aurait paru irréel.

S'il lui arrivait de songer au passé, c'était à un passé plus lointain, aux heures difficiles de Brooklyn, à ses premiers contacts avec l'organisation, quand il était si anxieux de bien faire. Toute sa vie, il avait été animé par la même volonté.

Jusqu'à son mensonge de tout à l'heure au sujet de Gino, qu'il avait prétendu ne pas avoir vu, il n'avait rien à se reprocher.

Quand Sid Kubik l'avait fait venir à Miami, il avait obéi. Il s'était rendu à White Cloud et avait parlé de son mieux au vieux Malaks. Il était allé à Brooklyn. Quand sa mère, inconsciemment, l'avait mis sur la piste de Tony, il n'avait pas hésité à prendre l'avion.

Mike le savait-il ? Qu'est-ce que Kubik lui avait dit de lui ? Mike ne lui avait pas parlé durement, au contraire. Mais il ne lui avait pas parlé non plus comme à quelqu'un d'important. Peut-être pensait-il que, dans la hiérarchie, il était à peu près au même niveau que Gino ou Tony.

Ils avaient un plan. Tout était décidé. Dans ce plan, lui, Eddie, avait un rôle à jouer. Sinon, un homme comme Mike ne se serait pas donné la peine de l'attendre dans sa chambre et d'y rester.

Il ne lui avait posé aucune question, sauf celle au sujet de l'arme. Tony était sûrement armé. Il avait dit, tout à l'heure, quelque chose qui le donnait à entendre, mais Eddie ne savait plus quoi. Il essayait de s'en souvenir. La scène était récente, et pourtant il y avait déjà des trous dans sa mémoire, il entendait certaines phrases, revoyait des expressions de physionomie, surtout celles de Nora, mais aurait été incapable de faire un récit cohérent de ce qui s'était passé.

Certains détails prenaient plus d'importance que les paroles de son frère, comme la boucle de cheveux sur son front, les muscles de ses bras et de ses épaules brunes soulignés par la blancheur du sous-vêtement. Et encore la petite fille, penchée à la fenêtre de la cuisine, qui lui avait tiré la langue.

Il comptait les minutes, avait hâte que Mike s'éveille, regardait le téléphone avec l'espoir qu'il se mettrait à sonner. En fin de compte, il oublia de compter, vit la chambre à travers un brouillard, puis ne vit plus rien, que du jaune lumineux qui perçait ses paupières, jusqu'au moment où il se dressa sur ses pieds et aperçut, devant lui, l'homme au chapeau gris qui le regardait rêveusement.

— J'ai dormi ?

— On le dirait.

— Longtemps ?

Il regarda son bracelet-montre, constata qu'il était cinq heures et demie.

— Tu as pourtant pris un sérieux coup de sommeil la nuit dernière, fils !

Il savait qu'Eddie s'était endormi presque tout de suite en arrivant de l'aéroport ! Ses hommes le surveillaient donc déjà. Depuis, ils n'avaient pas perdu un seul de ses faits et gestes.

— Toujours pas faim ?

— Non.

La bouteille plate était vide.

— On pourrait demander à boire.

Eddie sonna le garçon. Celui-ci trouva naturel de les voir ensemble, au milieu de l'après-midi, dans la chambre.

— Une bouteille de *rye*.

Le garçon cita tout de suite une marque en regardant, non Eddie, mais Mike La Motte, comme s'il connaissait ses préférences.

— C'est cela, fils.

Il le rappela au moment où il atteignait la porte.

— Des cigares.

Il s'était enfin débarrassé de son chapeau qu'il avait posé sur le lit.

— Cela me surprend qu'ils ne soient pas arrivés. Ils ont dû avoir une panne en traversant le désert.

Eddie n'osa pas demander de qui il s'agissait. Il préférait, d'ailleurs, que cela ne soit pas précisé.

— Ce matin, j'ai envoyé le sheriff dans la montagne, à quatre-vingts milles d'ici, et il ne reviendra pas avant demain.

Eddie ne lui demanda pas non plus comment il s'y était pris. Mike devait avoir ses raisons pour lui parler ainsi. Peut-être voulait-il simplement lui faire entendre que les jeux étaient faits, que Tony n'avait rien à espérer.

Eddie y avait pensé avant de s'assoupir, s'était demandé si Nora — il voyait plutôt Nora que Tony dans ce rôle — n'aurait pas l'idée d'appeler le sheriff pour lui demander sa protection.

— Un des deux *deputy-sheriffs* est au lit avec une infection et quarante de fièvre. Quant à l'autre, Hooley, c'est moi qui l'ai fait nommer. S'il a suivi mes instructions, et je suis persuadé qu'il les a suivies, son téléphone est dérangé et le restera jusqu'à demain.

Eddie esquissa-t-il réellement un vague sourire approbateur ?

— On va m'appeler à nouveau.

Cela prit un peu plus de temps, cette fois, mais la sonnerie finit par tinter.

— Ils sont là ? Bon ! Qu'on les mène où tu sais et qu'on évite qu'ils traînent dans les rues. Ils ont garé l'auto ? Changé la plaque ? Un instant…

Le garçon apportait le whisky et les cigares. Mike attendit qu'il fût sorti.

— Qu'on ne fasse rien d'autre pour le moment. Qu'on leur donne à manger et qu'ils jouent aux cartes si le cœur leur en dit. Pas d'alcool. Compris ?

Un silence. Il écoutait la réponse.

— Ça va ! Maintenant, dis à Gonzalès de venir me trouver. Ici, oui. Dans la chambre.

Le quartier général ne devait pas être loin. Eddie se demanda s'il n'était pas dans l'hôtel même. Qui sait si Mike n'en était pas le véritable propriétaire ?

Dix minutes ne s'étaient pas écoulées qu'on frappait à la porte.

— Entre.

C'était un Mexicain d'une trentaine d'années qui portait un pantalon de toile jaunâtre et une chemise blanche.

— Eddie Rico...

Le Mexicain fit un petit signe.

— Gonzalès, qui est quelque chose comme mon secrétaire.

Gonzalès sourit.

— Assieds-toi. Que s'est-il passé là-bas ?

— Le propriétaire, Marco, est rentré des champs et il y a eu une palabre qui a duré près de deux heures.

— Ensuite ?

— Il est parti avec sa voiture et a emmené la petite. Il s'est d'abord arrêté dans une maison, à l'autre bout du village, chez un certain Keefer, qui est de ses amis, et y a laissé l'enfant.

Mike écoutait en hochant la tête, comme si tout cela était prévu.

— Après, il est venu en ville, est entré chez Chambers, le marchand d'articles de sports, et a acheté deux boîtes de cartouches.

— Quel genre ?

— Pour une carabine à répétition calibre 22.

— Il n'est pas passé par le bureau du sheriff ?

— Non. Il est retourné aussitôt à Aconda. Les volets sont fermés, la porte aussi. J'oubliais un détail.

— Lequel ?

— Il a changé les ampoules des lampes qui éclairent les alentours de la maison pour en mettre de plus fortes.

Mike haussa les épaules.

— Comment est Sidney Diamond ?

— Bien. Il n'a pas l'air d'avoir bu.

— C'est Paco qui l'accompagne ?

— Non. C'est un nouveau que je ne connais pas.

Sidney Diamond était un tueur, Eddie le savait, un jeune qui n'avait pas vingt-deux ans, mais dont on parlait déjà. C'était lui, de toute évidence, qu'on avait fait venir de Los Angeles et à qui on ne devait pas donner à boire.

Tout cela, il le comprenait. C'était de la routine. Depuis longtemps, on avait mis ce genre d'opérations-là au point comme le reste, et elles se déroulaient selon des rites quasi invariables. Il valait mieux avoir des exécutants venus d'ailleurs, inconnus dans la région. Avant d'être envoyé à Los Angeles, Sidney Diamond avait travaillé à Kansas City et dans l'Illinois.

Ces préparatifs se déroulaient sous les yeux d'Eddie, et parfois l'envie le prenait d'ouvrir la bouche pour leur crier : « Mais c'est mon frère ! »

Il ne le faisait pas. Une stupeur l'accablait depuis qu'il était entré dans cette chambre. Il soupçonnait Mike de le faire exprès de tout régler en sa présence, simplement, calmement, comme si c'était la chose la plus naturelle du monde.

N'appartenait-il pas à l'organisation ?

On ne faisait qu'en appliquer les règles.

On s'était moqué de lui. Ou plutôt, avec lui aussi, on avait appliqué la règle. On s'était servi de lui pour retrouver Tony. Il ne s'était jamais fait d'illusions, avait cherché son frère du mieux qu'il pouvait, avait joué le jeu.

Au fond, il avait toujours su que Tony n'accepterait pas de s'en aller et que, d'ailleurs, on ne le laisserait pas partir.

Gino, lui aussi, l'avait compris. Et Gino avait franchi la frontière. C'est encore ce qui étonnait le plus Eddie, lui donnait un sentiment de culpabilité.

— Quelle heure ? demandait Gonzalès.

— A quelle heure les gens se couchent-ils dans ce coin-là ?

— Très tôt. Ils se lèvent avec le soleil.

— Mettons onze heures ?

— Ça ira.

— Conduis les hommes sur la route, à deux cents mètres de la maison. Tu prends une autre voiture, bien entendu.

— Oui.

— Après, tu les suis. Tu as choisi l'endroit ?

— C'est prêt.

— A onze heures.

— Bien.

— Va les rejoindre. N'oublie pas que Sidney Diamond ne doit pas boire. En descendant, commande-nous à dîner. Des viandes froides pour moi, de la salade et des fruits.

Il se tourna vers Eddie, interrogateur.

— La même chose. N'importe quoi.

A neuf heures du soir, Eddie ne savait pas encore quel rôle on lui réservait et il n'avait pas eu le courage de poser la question. Mike s'était fait monter le journal local et l'avait lu en fumant son cigare. Il buvait beaucoup, devenant de plus en plus rouge, le regard comme noyé, mais il ne perdait rien de sa présence d'esprit.

A certain moment, il leva les yeux de son journal :

— Il aime sa femme, hein ?

— Oui.

— Elle est bien ?

— Elle a l'air de l'aimer aussi.

— Ce n'est pas ce que je demande. Jolie ?

— Oui.

— Elle doit accoucher bientôt ?

— Dans trois ou quatre mois. Je ne sais pas au juste.

Il y avait longtemps que les lampes électriques étaient allumées dans les rues. On entendait la rumeur d'un pick-up dans un bar, et parfois des voix montaient, qu'on percevait à travers les fenêtres fermées.

— Quelle heure ?

— Dix heures.

Puis il fut dix heures et quart, dix heures et demie, et Eddie s'efforçait de ne pas se mettre à crier.

— Préviens-moi quand il sera exactement onze heures moins dix.

Ce qu'il appréhendait le plus, c'est qu'on le force à aller là-bas. Est-ce que, si Gino ne s'était pas embarqué, c'était lui que Phil aurait envoyé ?

— Quelle heure, fiston ?

— Moins vingt.

— Les hommes sont partis.

Donc Eddie n'en était pas. Il ne comprenait plus. On devait pourtant le réserver pour quelque chose d'important.

— Tu ferais bien de boire un verre.

— J'ai déjà trop bu.

— Bois quand même.

Il n'avait plus de volonté. Il obéit, se demandant s'il n'allait pas encore vomir comme à midi.

— Tu as le numéro de téléphone des Felici ?

— Il est dans l'annuaire. Je l'ai vu ce matin.

— Cherche-le.

Il le chercha, avec l'impression de se voir lui-même aller et venir comme dans un rêve. L'univers n'avait plus de consistance. Il n'y avait plus d'Alice, plus de Christine, d'Amélia, de Babe, rien qu'une sorte de tunnel dont il ne voyait pas la fin et dans lequel il avançait à tâtons.

— C'est l'heure ?

— A une minute près.

— Demande la communication.

— Qu'est-ce que je dis ?

— Tu dis à Tony d'aller retrouver les gars sur la route. Tout seul. Sans arme. Il verra la voiture en stationnement.

Sa poitrine était tellement serrée qu'il lui semblait qu'il ne respirerait jamais plus.

— S'il refuse ? parvint-il à prononcer.

— Tu m'as dit qu'il aime sa femme.

— Oui.

— Répète-le-lui. Il comprendra.

Mike était toujours calme dans son fauteuil, le cigare d'une main, le journal de l'autre, avec plus que jamais l'air d'un juge de cinéma. Eddie se rendait à peine compte qu'il avait décroché le récepteur, balbutié le numéro des Felici.

Une voix qu'il ne connaissait pas fit, à l'autre bout du fil :

— Le 16-62 écoute. Qui est à l'appareil ?

Et Eddie s'entendait parler, les yeux toujours rivés sur l'homme en blanc.

— J'ai quelque chose d'important à dire à Tony. Ici, son frère.

Il y eut un silence. Marco Felici devait hésiter. D'après les bruits. Eddie soupçonna que c'était Tony qui, devinant ce qui se passait, lui prenait l'appareil des mains.

— J'écoute, disait sèchement Tony.

Eddie n'avait rien préparé. Son esprit ne participait pas à ce qui se passait.

— Ils t'attendent.

— Où ?

— A deux cents mètres, sur la route. Une voiture en stationnement.

Il n'eut besoin de presque rien dire d'autre.

— Je suppose que, si je n'y vais pas, ils s'en prendront à Nora ?

Un silence.

— Réponds.

— Oui.

— Bon.

— Tu y vas ?

Encore un silence. Mike, les yeux fixés sur lui, ne bougeait pas. Eddie répéta :

— Tu y vas ?

— N'aie pas peur.

Encore un temps d'arrêt, plus court.

— Adieu !

Il voulut dire quelque chose à son tour, il ne savait

pas quoi. Puis il regarda sa main qui tenait le récepteur devenu muet.

Tirant sur son cigare, Mike murmurait avec un soupir de satisfaction :

— Je le savais.

9

Ce fut tout pour Eddie. On ne lui demanda rien d'autre. On ne lui demanda jamais plus rien de difficile.

Cette nuit-là prit fin comme toutes les nuits, depuis la création du monde, prennent fin au lever du soleil. Il ne le vit pas se lever sur la Californie, mais, de très haut dans le ciel, au-dessus du désert de l'Arizona, dans l'avion auquel on l'avait conduit à trois heures du matin. Et, comme Bob l'avait fait à Tucson, on lui avait glissé dans la poche une bouteille plate.

Il n'y toucha pas. Sidney Diamond et son compagnon devaient traverser les faubourgs de Los Angeles au moment où l'avion se posait pour la première fois.

Quelque part, Eddie se trompa d'appareil. Il se retrouva, vers deux heures de l'après-midi, dans un aéroport de troisième importance sur lequel éclatait un orage et où il dut attendre jusqu'au soir. Ce ne fut que du Mississippi, le lendemain, qu'il appela Santa Clara.

— C'est toi ?

Il écoutait la voix d'Alice sans que cette voix réveille quoi que ce soit en lui.

— Oui. Tout va bien là-bas ?

Les mots venaient d'eux-mêmes, les mots habituels, sans qu'il ait besoin de penser.

— Oui. Et toi ?

— Les enfants ?

— J'ai gardé Amélia à la maison. Le docteur croit qu'elle commence la rougeole. Si c'est cela, et on le saura cette nuit, Christine ne pourra pas aller à l'école non plus.

— Angelo ne t'a pas téléphoné ?

— Non. Je suis passée devant le magasin ce matin. Tout paraissait en ordre. J'ai aperçu un nouveau commis.

— Je sais.

— On a téléphoné du *Flamingo*. J'ai répondu que tu ne tarderais pas à rentrer. J'ai bien fait ?

— Oui.

— Je t'entends mal. On dirait que tu es très loin.

— Oui.

Avait-il dit oui ? Ce n'est pas à la distance entre la Floride et le Mississippi qu'il pensait. D'ailleurs il ne pensait pas.

— Quand seras-tu ici ?

— Je ne sais pas. Je crois qu'il y a un avion tout à l'heure.

— Tu n'as pas consulté l'horaire ?

— Pas encore.

— Tu n'es pas malade ?

— Non.

— Fatigué ?

— Oui.

— Tu ne me caches rien ?

— Je suis fatigué.

— Pourquoi ne te reposes-tu pas une bonne nuit avant de reprendre l'avion ?

— Je le ferai peut-être.

Il le fit. Il n'avait obtenu qu'une petite chambre sans air conditionné, parce qu'il y avait un congrès dans la ville. Dans les couloirs, on rencontrait des gens avec des insignes, des brassards, leur nom écrit sur un carton accroché à la boutonnière.

L'hôtel était bruyant, mais, comme à El Centro, il sombra dans un sommeil pénible, se réveilla deux ou trois fois, fut écœuré à chaque coup par l'odeur de sa sueur qui lui semblait malsaine.

C'était sans doute le foie. Là-bas, il avait bu. Il n'en avait plus l'habitude. Il faudrait qu'il consulte Bill Spangler, son médecin, dès son retour à Santa Clara.

A deux reprises, dans le soleil, notamment sur le champ d'aviation, il avait vu grouiller des points noirs devant ses yeux. Cela devait être un signe.

En s'éveillant dans une chambre inconnue, il eut soudain envie de pleurer. Jamais il n'avait été si fatigué, fatigué à en mourir, fatigué, s'il s'était trouvé dans la rue, à se coucher n'importe où, sur le trottoir, parmi les jambes des passants.

Il aurait eu besoin d'un peu de pitié, de quelqu'un qui lui dise des paroles apaisantes en lui mettant une main fraîche sur le front. Il n'y avait personne pour faire ça. Il n'y aurait jamais personne. Alice, demain ou après-demain, quand il aurait le courage de rentrer, lui conseillerait tendrement de se reposer.

Car elle était tendre. Mais elle ne le connaissait pas. Il ne lui disait rien. Elle croyait qu'il était fort, qu'il n'avait besoin de personne.

Il n'avait pas compris le sens de la visite de Gino. Il n'était pas encore sûr de le comprendre, mais il devinait confusément que son frère était venu lui faire une sorte de signe.

Pourquoi n'avait-il pas été plus explicite ? N'avait-il pas confiance en lui ?

Ses deux frères n'avaient jamais eu confiance en lui. Il aurait fallu qu'il puisse leur expliquer…

Mais comment ? Expliquer quoi ?

Il alla prendre une douche et remarqua qu'il engraissait. Il lui venait des petits seins douillets ainsi qu'à une fillette de douze ans.

Il se rasa. Comme le dernier matin de Santa Clara, il entailla son grain de beauté. Heureusement qu'il emportait toujours un crayon spécial avec lui.

Il dut attendre près d'une heure le complet léger qu'il avait envoyé à presser. Il jeta la bouteille de whisky pleine dans sa corbeille à papiers.

Peu importait que d'autres ne comprissent pas. Sid Kubik savait qu'il avait fait ce qu'il devait faire. Quand Mike lui avait téléphoné, à minuit et demi, que tout était fini, Sid était venu en personne à l'appareil et avait prononcé textuellement :

— *Dis à Eddie que c'est bien.*

Mike ne l'avait pas inventé.

— *Dis à Eddie que c'est bien.*

Si Phil était dans la pièce, il avait sûrement eu son vilain retroussis des lèvres.

— *Dis à Eddie…*

Il le fit exprès de ne pas annoncer à sa femme à quelle heure il arriverait. Il prit un taxi et, du champ d'aviation, se fit d'abord conduire au magasin.

Angelo descendit deux marches à sa rencontre.

— Ça va, patron ?

— Ça va, Angelo.

Les choses restaient encore ternes, sans couleur, sans goût, presque sans vie.

Peut-être cela reviendrait-il ? Déjà le mot d'Angelo lui faisait du bien :

— *Patron*...

Il avait tant, tant travaillé, depuis la boutique de Brooklyn, pour en arriver là !

Shadow Rock Farm, Lakeville (Connecticut), 22 juillet 1952.

— Ça va, Angelo.

Les choses restaient encore ternes, sans couleur, sans goût, presque sans vie.

Peut-être cela reviendrait-il ? Déjà le mot d'Angelo lui faisait du bien :

— *Patron…*

Il avait tant, tant travaillé, depuis la boutique de Brooklyn, pour en arriver là !

Shadow Rock Farm, Lakeville (Connecticut), 22 juillet 1952.

Composition réalisée par Chesteroc Ltd

Achevé d'imprimer en janvier 2009, en France sur Presse Offset par
Maury-Imprimeur - 45330 Malesherbes
N° d'imprimeur : 143923
Dépôt légal 1re publication : février 2009
LIBRAIRIE GÉNÉRALE FRANÇAISE - 31, rue de Fleurus - 75278 Paris Cedex 06